山峡の城

無茶の勘兵衛日月録

浅黄 斑

時代小説

二見時代小説文庫

山峡の城――無茶の勘兵衛日月録

目次

無茶の勘兵衛

1

「え？」

寺町通りへ出る細道を歩きながら、勘兵衛は思わず声をあげた。日吉《ひえ》神社近くにある坂巻道場からの帰途である。足が止まり、素っ頓狂な声になっていた。

「今、なんと言うた」

「だからさ」

男としては色白く、唇の朱さが目立つ伊波利三《いなみとしぞう》が、その美少年ぶりとはまるでそぐわない銅鑼声で答えた。

「左門さまが、おまえに会うてみたいと言うておられるのだ」

さっきのは、やはり空耳ではなかったと知ったが勘兵衛は不審だった。左門さまとは、藩主の若君のことだ。わけがわからぬ。

「なんで、俺なんかに……」

右肩に担いでいる、稽古着をまるめて紐でくくりつけている竹刀を左肩に移し替えながら、伊波を見上げ、率直に疑問を口にした。

傾きかけた春の陽光が、うらうらと背を温める。

「くくく……」

だが伊波は喉の奥で笑い、それ以上を答えようとしない。

「いったい、どういうことでしょうか」

勘兵衛はことばを改めた。

普段はぞんざいな友だちことばでしゃべっているが、対する利三は落合勘兵衛より二歳年長の十三歳だった。それだけではなく、家格も七十石の落合家に対し、伊波は三百石の家の三男である。

「お、ことばを改めおったな。せこいやつだ」

「せこくなどはない」

反撥するように歩を進めた。

「いや、せこい。無茶勘らしくないぞ」

ついこの間までは、甲高い少年の声だったのが、この正月を過ぎたら利三は声変わりしていて、すっかり大人の声になっていた。顔は少女とも見まがうほど端麗なのに、声だけが銅鑼声というのも、なんだか不似合いな気がする。

「なにをぬかす。このおいばりさんが」

せこいと決めつけられ、おまけに「無茶勘」とまで言われて勘兵衛は言い返した。といって、喧嘩をはじめたわけではない。この年ごろの二歳ちがいは、声だけではなく体格にも大きく差があって、腕力で勝てるはずもない。

そういう差にもかかわらず二人は妙に気が合って、こうしてたわいなくじゃれ合うのがいつものことであった。その点では、二人とも前髪姿の、まだ少年である。

あるいは、勘兵衛には弟がいるが兄はいない。一方、利三のほうには二人の兄がいるが、弟がいない。そんなことが、そうとは気づかぬままに互いを惹き寄せて、まるで兄弟のようにむつませているのかもしれない。勘兵衛が坂巻道場の門を叩いてから三年、二人は、ともに学び遊ぶ仲となっていた。

だが昨年から、伊波利三は左門君の児小姓にあがって、会う機会も少なくなった。

きょうは久しぶりに坂巻道場で出会ったのである。

勘兵衛が言った「いばりさん」とは、伊波利三の名を、そのまま単純に訓じただけの、からかい文句で、「いばり」は小便を意味する。もっともそんなふうに利三をからかうのは勘兵衛だけのことで、人前で口にしたことはない。あくまで二人きりのときにかぎっている。

一方、利三が言った「無茶勘」のほうは、城下ではよほど知られて、今では通り名になってしまった感がある。無茶の勘兵衛、それがつづまったのだ。

2

無茶勘のはじまりは、まず三歳のときに雪に埋もれて死にかけたことがある。

その年の冬、この越前大野に豪雪があって、勘兵衛の住む水落町の屋敷も一夜にして軒下ほどまで雪が積もった。翌朝は一家総出で、雪はねをしなければならなかった。雪下ろしや雪掻きのことを、この地方では、雪をはねるという。

父の孫兵衛が屋根に登り、半分がとこの雪をはねたところで、勘兵衛はせがんで一緒に屋根に上がらせてもらった。

大野は東からの九頭龍川、南からの真名川や清滝川が形成した扇状盆地にあって、周囲に高山をめぐらせている。

屋根からは、勘兵衛がそれまで見たこともない、ずっと遠くまで続く景観が広がっていた。

一面、銀世界である。東西南北に格子状に走る城下の道々も、町家も寺の堂宇も、ふわっとした新雪に覆われて、早朝のか細い陽光に淡く銀色に光っていた。すぐ間近に迫る亀山山頂の城も、遠く白山連峰を背景に神神しい。

眼下を白一色に染め変えた世界に見とれて、勘兵衛はしばらく放心していた。

それからなにを思ったか、ふと、もう雪はねが終わっている部分の屋根の縁《へり》まで下っていき、そこから真下を覗き込んだ。

降り積もった雪に屋根から下ろされた雪が重なって、その表面はすぐ目の前にあった。真綿をときほぐしたような、ふんわりうずたかい雪の敷物までは、わずかに三尺（一《メートル》）ばかりの距離に思えた。

一度、勘兵衛はまだ雪はねを続けている父のほうを見た。父は背を向け、一心不乱に作業に精を出している。再び視線を眼下の雪の敷物に戻した。飛び降りてみたい、という衝動に勝てなかった。

ずっぽりと、足のほうから全身が雪に埋もれた。白い闇だった。

這い出ようとあがいたが、足も腕も、分厚い雪の牢獄にとらわれて、身動きもならなかった。冷たい雪に鼻も目も顔も覆われて、そうと気づいた父をはじめ、周囲が大騒ぎになっていることも知らず、やがて勘兵衛は意識を失った。

——人騒がせなやつだ。

そのときは苦笑を漏らしただけの父だったが、勘兵衛の人騒がせは、その後も続いた。

五歳のとき城の濠まで水を引いている南の湧水池で、ごまんざい（ミズスマシ）捕りに夢中になって、ついには深みにはまりこんで溺れかけた。このときも、村人たちによって助けられている。

七歳のときには、清水町の最勝寺にある高さ五丈（一五メートル）ほどの楠に、悪友と、登れる登れない、と争ったあげく、勘兵衛は敢然と木登りに挑戦した。

首尾良く三丈（九メートル）ほどは登ったが、どんどん枝分かれをしていくに従って、枝はどんどん細っていく。大きくしなる枝に、もうそれ以上は進めなくなった。つまるところは、尻より頭のほうが低くなってしまったのだ。

そこで引き返そうとしたが、これがなかなかうまくいかない。登るより下りることのむずかしさを、このときはじめて知った。

そんな具合に樹上で立ち往生しているところを、寺男が目撃して仰天した。勘兵衛にすれば、時間をかければ地上に戻れたはずだと今も思っているが、寺男の目には、小童《こわっぱ》がいまにもまっ逆さまに落ちてきそうに見えたのだろう。泡を食って近くの番屋へ飛び込まれ、これまた大騒ぎとなってしまった。

——この子は、無事に育たぬかもしれぬ。

このとき、父はそう慨嘆した。いずれはなんらかの事故にあって、命を落とすにちがいないと思ったらしい。

——無茶も、ほどほどになさい。

母の梨紗《りさ》からも、きつい小言を頂戴したが、勘兵衛にすれば、それほどの無茶をした覚えはなかった。

前後の見境がない、と言われればそれはそうかもしれないけれど、衝動というより、そのとき、そのときにはもうまっしぐらに、ほかにはなにも目に入らず、気づけば自分が騒ぎの中心になっていた、というのが正直な気持ちだった。あるいは、そんな巡り合わせに生まれついたのかもしれない。

三歳、五歳、七歳と、隔年ごとに騒ぎを起こす勘兵衛に、手を焼く母の常づねの注意は、九歳になった年にはさらに輪をかけたものになった。一年おきの騒動では、今年あたり、またなにをしでかすかわからない。

午前は清水町の家塾へ、午後は後寺町の剣術道場へ通いはじめた勘兵衛に、毎朝梨紗は、口うるさく注意を繰り返した。だから、ともすれば躍起になりかかる気持ちをそのつど押さえ込んで、なんとか無事に過ごしているつもりだった。ところが五月になって、またやってしまった。二年前、九歳のときのことだ。

城の西方を流れる清滝川は、東の善導寺川や木瓜川と合流して、やがては九頭龍川という大河になる支流の一つだが、ところどころに中州もあって、さほどの深さもなく、水も清い。夏場には水練場ともなる川であった。だからというわけでもないが、訳あって、自ら勘兵衛は、この川に飛び込んだ。

泳ぎには自信があった。だからこそ飛び込んだのだが、いかんせん、時期が悪かった。ちょうど梅雨の季節で、川は水かさを増し、想像以上に流れも速くなっていた。たちまちのうちに勘兵衛は遠くまで身体を流されて、ようよう激流から這い上がったのは半里（二キロ）も下流のことだった。このときもまた大騒ぎになっている。

二度、三度ならず、それが四度目だったから、たちまち勘兵衛は無茶をしでかす小童だとの評判が立ち、ついには「無茶の勘兵衛」と呼ばれて、城下では誰知らぬひともないくらいの有名人になってしまったのだ。

3

だからといって、伊波利三にまで「無茶勘」と呼ばれるのは業腹である。

というのも、勘兵衛が川に流されたとき、一緒にいたのが誰あろう、この伊波だった。おまけに、勘兵衛が川に飛び込んだそのわけも、実は伊波に関連している。

当時のことを思いだしながら、勘兵衛は峰慶寺と恵光寺の間の小路を歩いた。つい先日までは、山国の遅い桜が寺の土塀ごしに咲き乱れていたものだが、すでに花はなく、代わりに木蓮が白い花をつけている。すぐに若葉も出てくるだろう。

やがては二人は小路を抜け、寺町通りで右折した。そのときになって、

――そうか。

やっと勘兵衛は思いついた。

若君の左門さまは勘兵衛と同い年のはずだが、事情があって、まだ大野城には入っていない。松田吉勝という傅役《もりやく》の屋敷で育って、四年前に生母を亡くしていた。左門さまが七歳のときである。

傅役の松田は、それを不憫がって常よりは多い児小姓を若君につけた。ところが左

門さまは少し気むずかしい性格であるらしく、遠ざけられる者が多かった。そこで昨年になって、美少年の誉れ高い伊波に白羽の矢が立ったらしい。

役目柄、伊波はあまり若君のことを語ろうとしないが、すでに一年近くも若君の側にいるところを見れば、無事に勤めを果たしているようだ。

どのように伊波が左門さまの気に入られたかはしれぬが、おそらく城下の様子などを、面白おかしく話して聞かせているのだろう。

——とすれば……

伊波は勘兵衛のことを「無茶の勘兵衛」として、そのいわれも含めて若君に話して聞かせたのではなかろうか。

その結果、その者に会うてみたい。そんなふうに若君が興味を覚えたのではないか。

——それにちがいない……。

勘兵衛は思った。

そのことを言うと、伊波は相変わらず喉の奥で、くくく、と笑って、

「ま、いいではないか。若君がおまえに会うてみたいと言われたからといって、そうなるものでもないからな」

「ふむ……」

なるほどそうだ、と勘兵衛も思った。

七十石取りの落合家は家格も低く、たとえ望んだとしても若君に御目見得の機会などくるはずもない。

しばらく会話が途絶えた。

やがて東西の六間町通りにかかろうかというところまできて利三は、「ただな……」と、ぼそっとした声を出した。

「若君が言われるには、おまえには、肚《はら》があるそうな」

「肚が……?」

鸚鵡《おうむ》返しの返事をしたが、利三の声音に、おもねるような調子を感じた。あるいは黙り込んでしまった勘兵衛に、気を遣ったのでないかという気がした。

「そうだ。肚だ。こうも言っておられた。勘兵衛のは無茶ではない。勇というものだ。それも匹夫の勇ではない、とな」

「ひっぷのゆう?」

十一の勘兵衛には、まだ、よく理解できないことばであった。

家塾の幼少組で、読み書き算盤の基礎は終わったといえ、漢文素読には木版刷りの『古文真宝』を使い、

子孫愚兮禮義疎（子孫愚かなれば礼儀にうとし）
若惟不耕與不教（ただ耕さざると教えざるとのごときは）
是乃父兄之過歟（これすなわち父兄のあやまちか）

などと、家塾の助講に続けて、大声でがなっている段階にすぎない。

四書五経や論語の素読に入れるのは、来年あたりからであろう。

そんな勘兵衛に、利三が解説したことをかいつまめば、心を取り乱して死地に飛び込んでいくような蛮勇を匹夫の勇といい、それに対して、どのように危機的な状況に追いつめられても、あくまで心は静かに、やるべきことをなすのが、大義の勇というものであるらしい。そして、その大義の勇こそが、武士に求められる心構えだという。

「つまり、匹夫の勇ではない、ということは……」

「そうだ。大義の勇ということになろうな」

「へえ」

ほんとうだろうか、と勘兵衛は思った。

もしそれがほんとうなら、ありがたいおことばだと、思わず湧いてくる嬉しさの反面、自分の行動を振り返ってみた結果、どうも勘兵衛には、それほどたいそうなものにも思えぬのであった。

「これは、なにも若君だけの感想ではないぞ。東海《とうかい》先生も、似たようなことをおっしゃっていた」

東海先生とは、左門君のために江戸から侍講として呼ばれている多田東海のことで、林家の流れをくむ儒学者だった。

「まことか」

「嘘を言って、どうする。まあ、雪に埋もれた話はさておき、最勝寺が楠の一件は、敵に後ろを見せる事なかれに通ずる武家の心得、また清滝川の一件も、儒学の基本は五常五倫、五常とは、仁、義、礼、智、信というて、五倫は、父子、君臣、夫婦、長幼、朋友をあらわしておってな……」

利三は淀みなくいって、勘兵衛を煙に巻いた。

どうやら、清滝川の一件は、友――すなわち利三のために取った行動であるから、これまた武士の心得に通ずるものだと言いたかったらしい。

ともあれ、このとき勘兵衛は、意味もなく、まだ見たこともない若君のことを好きになっていた。

松田拝領屋敷

1

左門の傅役松田与左衛門吉勝の拝領屋敷は、大野城二ノ丸内の敷地にあった。藩主、松平直良《なおよし》の子でありながら、左門が江戸屋敷にも住まず、城にも入らずに傅役の拝領屋敷で居住しているにはわけがある。

左門の父、直良は結城秀康の六男、すなわち徳川家康の孫であり、母のほうは織田信長の孫である、元尾張犬山城主の娘だった奈和子だった。

その直良が二十一歳になったとき、越前木本《きのもと》に封じられて、二万五千石の領主となり、次いで一万石の加増で勝山に移り、さらに加増されて五万石の大野藩主となったのが、正保元年（一六四四）三月のことで、四十一歳のときであった。

そのときまでに、直良は二人の息子と三人の娘をなしていたが、そのうち長女と次男は早世して、残る子は長男の監物君《けんもつぎみ》、それに満姫、市姫の三人となっていた。ところが七年後、唯一になった男児の監物君も十二歳で亡くなり、とうとう直良には嫡子がいなくなってしまった。

——これは一大事……。

そのころ松田吉勝は、側役として江戸屋敷に勤めていたが、大いなる危機感を覚えた。

松田の家は、元もと越前一帯を支配していた朝倉一族のひとつ花倉家に通ずる家系で、信長による朝倉家滅亡ののちも、大野界隈では名門の家であった。それが松平直良の入封によって新規のお召し抱えとなったのである。

それからわずかに七年で、新たな主家に、跡取りがいなくなる事態になってしまった。もっとも国家老の乙部《おとべ》勘左衛門のほうでは、同じ越前松平一族から養子を取り、これを満姫とめあわせて難局を乗り切ろう、との工作をはじめているようだったが。

——ここは、殿にもう一がんばりをしてもらうほかはない。

心に固く、そう決めていた。当時、四十八歳の直良に、まだ子種はあると踏んでのことだ。

江戸家老の小泉権大夫に相談すると、

――そりゃ、直伝に越したことはない。

そう賛成して、新たな妾探しが松田に託された。

乙部、小泉の二家老は、ともに木本、勝山両藩時代を通じての古参家老で、ともすれば互いに主導権争いを演じるという悪弊もあったのである。いわば松田は、そういったあたりも見越して小泉に相談をかけたのだが、これが図にあたった。江戸家老の後押しがあれば、これほど楽なことはない。

容姿良く、さらには健康な子を産んでくれそうな娘を物色した末に、藩邸出入りの熱海商人、橋本平作の娘で、二十歳のおふりというのを、ようように見つけた。

おふりが無事に殿の子を宿すか、それがまた男児か、こればかりはまったくの賭けであったが、松田は遮二無二、計画を前進させていった。

その間、国家老の乙部のほうも着着と工作を進め、やがて、主君の兄にあたる松江藩主、松平直正の次男である近栄《ちかよし》に白羽の矢を立てた。松田は気が気ではなかった。

一方、主君はおふりをたいそう気に入ったようだが、なかなか御懐妊にまでいたらない。

そうこうするうちにも、松平近栄との養子縁組が正式に決まり、万事休すかと思われたとき、ついに、おふりが待望の御懐妊をはたした。直良が五十二歳、おふりが二十三歳の明暦元年（一六五五）のことであった。

といって、はたして生まれくるのが女児やもしれない。たとえ男児だとしても、無事に育つかの保証もない。さらには、おふりの御懐妊が公になれば、どのような魔手が伸びてこないともかぎらない。すでに養子縁組に幕府の認可も下りたいま、国家老には面目もあろうし、その意を受けた手合いが江戸藩邸にも潜り込んでいるはずだった。

そこで松田は、直良や小泉ともども相談し、おふりの御懐妊を極秘とし、特命の警護団をつけて、おふりの身を江戸・金六町の寓居にひそかに移した。

一方、その年の十一月には、松平近栄との養子縁組が予定どおりにととのい、翌十二月四日には近栄は満姫と婚姻した。

こうして誰の目にも、第二代の大野藩主は近栄と信じられた。

明けて明暦二年の正月五日、金六町でおふりは、玉のような男児を出産する。国家老の乙部にとっても、大野藩を相続すべくやってきた松平近栄にとっても、いや、大方の藩士にも、これは、まさに青天の霹靂《へきれき》のことであったろう。

幼名を左門とつけられたその若君が、母のお布利《ふり》の方とともに、越前大野に入ったのは、左門が三歳の冬であった。

すでに城には、次期藩主と目される近栄夫妻が住んでいる。母子は、新たに傅役となった松田吉勝の拝領屋敷へと入ったのである。大野城下は、これからはじまるかもしれない跡目争いの暗雲に包まれたのであった。

事実、近栄派、左門派に分かれ、藩論はまっぷたつになった。

季節の移ろいは、なに変わることはなかったが、ひそかな暗闘が、そこかしこに見え隠れしながら、さらに八年の時日が流れていった。

2

その日――。

長かった梅雨も明け、田の早苗も青青と育つころ、松田の屋敷に江戸からの書状が届いた。家老の小泉からのものであった。

左門君が無事に長じるにつけ、江戸表では松江藩との間に粘り強い折衝が続けられてきたが、直良の兄であり、近栄の父でもある松平直正が病を得て、折衝は停滞したままになっていた。そしてこの二月、直正が没し、松江藩は松平綱照が襲封した。綱照は、近栄の兄である。

そのことで——。

(新たな展開が、あるやもしれない)

そんな期待を抱いていた松田は、文箱を開くのももどかしく、書状に目を走らせた。

そして——。

「やったぞ！」

松田は大声を出して立ち上がった。

松平近栄の養子縁組を元に戻し、綱照が改めて所領の内から広瀬三万石を分割する。その旨の願出に、無事に幕府より許可が出たこと、さらには近栄の出雲帰りに際しては、その家老として乙部勘左衛門以下、近栄派の強行組も同行させるというのである。

(まるで、まあ)

まさに梅雨明けのこの時期、若君誕生以来の十一年間、松田自身をも包み込んでいた暗雲が、一気に晴れたようなものではないか。考えれば、その間、音もなく滑り込んでくる剣呑な気配に、一夜たりとも気の抜ける日はなかった。

どこから暗殺の魔手が自分に、あるいは左門君に伸びてこないとはかぎらない、と日日の警護を固め、あえて虎穴を選んで、江戸から喉元の大野城間際まで進出してきた奇策が、ついに報われた、と松田は思っていた。

ことは、ただ単に、養子縁組が解消して、いよいよ左門君が嫡子への正道に立ち返った、というだけのものではない。

いまや仇敵ともなった国家老の乙部以下、それに連なる一統も、この大野からいなくなるのである。後後に瑕瑾《かきん》を残さない周到な決着だった。

まさに、一気に霧が晴れた感がある。

すべての緊張が、静かに空中へ溶けだしていくような心地がした。そのくせ、なんだか落ち着かない気分である。

松田の足は、意識しないまま奥へ向かった。

左門君は、いつもどおり、近習の者たちと書を広げていた。

「どうした、じい。きょうはなんだか嬉しそうじゃな」

「いや、いや、そんなことはありませんぞ」

さては、表情までゆるんでおったかと気持ちを引き締めた。

吉報にはちがいないが、まだまだ油断はできない。左門君にも誰にも、それを伝える気持ちはなかった。ただ、猛然と左門君の顔を拝したくなっただけのことだ。

大野へきて八年、用心に用心を重ねる松田のもとで、左門君は、母のお布利の方の葬儀がおこなわれた七歳のとき以来、この屋敷から一歩も外には出ずにきた。利発だが、ときどき起こす癇癪は、そうした幽閉に近い生活のせいだと松田は思っている。

——いよいよですぞ。

ふいに湧きあがってくる惻隠の情に涙腺がゆるみ、松田は忙しく庭のほうを向いた。

「そういえば若君、いつだったか、誰とかに会うてみたい、と仰せでしたな」

「そんなことを言うたか」

「はあ、あれは先月でしたか、無茶の勘兵衛とか、なんとか」

「おう。言うた、言うた。良いのか、じい」

はじけるような声に、松田は満面の笑みで振り向いた。

3

垣根がわりの夾竹桃《きょうちくとう》が、淡紅色の花をいっぱいにつけていた。梅雨どきに花を開き、九月ごろまで花は続くが、こう暑いと、むしろうっとうしいほどの感じがする。

もう立秋は過ぎたというのに、空にはまだ濃厚な真夏の気配が漂っている。

る。

「藤次郎、もっとたっぷりと水をやれ」

叱咤しながら勘兵衛は、三つ年下の弟とともに菜園の茄子《なす》に水をやっていた。茄子を育てるには大量の水が必要であった。朝夕の水やりは、このところ兄弟の日課である。

日はすでに大きく西に傾いているが、容赦なく照りつけてくる暑熱に、二人は汗ばんでいた。だが裸足で踏む畝《うね》の土は、熱さを吸って心地よい。

庭に作った菜園からとれる作物は、両親と、姉弟の五人家族を養う大切な収穫となる。落合家は七十石の知行で、中級の武士である。決して貧しい家ではない。

だが知行七十石というのを細かく分析すると、たいした実入りではない。

武士の俸禄というのは、藩米（年貢米）の支給によってなされる。それもいくつかの種類に分かれていた。

大野藩の場合は、知行取り、切米《きりまい》取り、扶持米取りに高懸りと四種類に分かれている。

切米取りは四十石以下の階級で、石高まるまるの米が支給される。扶持米取りなら、一人扶持あたり一日五合の計算で支給され、足軽などの微禄者は高懸りといって、頭《かしら》が藩から預かった扶持米から、部下たちに一人扶持とか二人扶持というふうに支給する仕組みになっていた。

　これに対して知行取りのほうは、石高すべてが支給されるわけではない。百石なら百石の米を生産する領地を持っているという考え方で、そのような領地を知行地と呼んだ。つまりは、税を取られる前の石高である。

　四公六民とか、増税の結果、五公五民などというのもあるが、大野藩領の場合、平均税率は四割四分ほどであった。つまり七十石は、四割四分の税を引かれた結果、実際の手取りは四十石というのが実際のところである。米にして百俵、一石が一両ほどだから金に直せば年収四十両ということになる。だが、四十石のうち、五石ほどは自家消費してしまうから、とてもではないが、下男や下女を置く余裕はなかった。

　それどころか、母も姉も機織《はた》りの内職をしている。父もまた、暇を見つけては竹細工の内職をして副収入を得ていた。いろいろとある行事やら、同僚や親戚同士のつきあいやら、そうでもしなければ、武家の体面が保てない。まあ、そのような事情は大方の藩士も同様であった。

　勘兵衛の家は、城下の北端にあって、水落町というところである。それより北は中野村で、ずっと遠くまで田畑が広がっていた。

　大野の城下町は東西六筋、南北六筋の碁盤目に区画されていて、そのうち、南北の一番から五番までの道路の中央には、本願寺清水から引いた上水路が設けられていて、それが市民たちの生活用水に使われる。また町家の背割り部には生活排水を流す下水路も設けられていた。

それぞれの水路は、いずれも南から北へと流れ、やがて勘兵衛の屋敷近くで小川に入る。このあたりを水落町というのは、そのようなことからであった。

そういうわけだから、日日に大量の水を必要とする茄子の栽培なども、思ったほどの苦労はない。庭のすぐ間近まで水路が引かれ、屋敷専用の水汲み場も設けている。

「兄上、塾というのは面白いところですか」

水桶から柄杓《ひしゃく》を使いながら、藤次郎が聞いてきた。昼間は近隣の子と遊びほうけているせいで、すっかり日焼けして、真っ黒な顔になっている。でも来年には九歳で、勘兵衛に次いで家塾にも通いはじめるだろうし、城下に点在するいずれかの道場にも稽古に出かけねばならない。

「むう……」

面白いところかと聞かれて、答えにつまった。正直、楽しいところではない。

「遊んでおれるのも今のうちだ」

自分のことは棚に上げて、勘兵衛は、そんなふうに答えた。

勘兵衛は知らぬことだが、寛文のこの時期、武家教育の機関というのは、それほど整備されていなかった。武士とは元来が戦士であるから、君父のためには一命を捧げるということが第一義で、幼児のころから繰り返しこれを聞かされる。いわゆる家庭内教育であった。

初等教育の時期になると、寺で僧に師事するとか、学者が私塾でも開いておれば、そこに通うとかするのだが、地方によっては、私塾のないところもある。四書五経の素読くらいまでは、父から手ほどきを受けるという家も多かった。

幸い、この大野には、城山から近い本願寺で、選ばれた家士たちが輪番で、それぞれ得意とするところを講義する家塾の制度があった。武家の子は、九歳になると、この家塾に通うことができる。

勘兵衛は、すでに二年と少し、この家塾で勉学にいそしんでいるが、勉学よりも、むしろ坂巻道場での剣の稽古のほうが、はるかに楽しかった。

日も西に大きく傾き、空の鳥たちも、まっしぐらに北の山山に帰るころ、夾竹桃の切れ目から人影が現われた。

つい先ほど下城の太鼓が聞こえたから、父が帰宅したのかと思ったが、ちがったようだ。知らぬ男である。

ちょっと小太りの男は裃《かみしも》姿ではなく、単衣《ひとえ》に袴《はかま》という恰好だった。手には、風呂敷包みをぶら下げている。男はまちがいなく武士だが、お城勤めではない、勘兵衛は、そう判断した。

「突然にまかり越して、失礼いたす。こちらは落合孫兵衛どののお宅だろうか」

「はい。さようで」

水桶と柄杓を置き、袖口で額の汗をぬぐってから、勘兵衛は答えた。

「ええと、孫兵衛どのはご在宅か」

「いえ、まだ戻ってはおりませんが」

うん、というふうに男はうなずき、次にじっと勘兵衛を見た。

「そなたが勘兵衛どのか」

「はい」

「おう、さようか」

男は目を細めたが、それ以上は名乗りもしないので、勘兵衛はどうしたものかと思った。

とりあえず、土で汚れた裸足の足を洗いながら、

「お客のようだ、と母上に知らせてこい」

弟に言ったとき、ちょうど父が帰ってきた。

客が改めて父に向かって挨拶をはじめた。

「拙者は、松田与左衛門の用人で、新高《にいたか》陣八と申すもの。本日は、主人の使いで、かようにまかり越しました」

「ほう」

勘兵衛の父は、少し驚いたような声を出し、先に案内に立って、二人は屋敷内に消えた。

——松田与左衛門……。

どこかで聞いたような名だな、と勘兵衛は思ったが、その客が、まさか自分自身に関する使者だとまでは、思いもよらなかった。

4

その夜のことである。

「今年こそは、なんとか平穏にと思っておりましたのに……」

言って、ふう、と溜め息をついたのは、勘兵衛の母の梨紗であった。

一年ごとに、とんでもない騒ぎを起こす勘兵衛。今年が、その年めぐりにあたっていたが、やっぱり……という気持ちが、そんな愚痴の種になっていた。

だが夫の孫兵衛は、なにも答えず、巧みに小刀を使って竹箸を削り出し、行燈《あんどん》の灯にかざしては、また黙黙と手を入れていた。内職としている竹細工は、なにも箸だけではないが、孫兵衛の作る竹箸は形が独創的で評判がいい。

孫兵衛がなにも答えぬので、漆がけをすませた竹箸に砥《と》の粉《こ》をかけている手を止めて、梨紗は夫を見た。だが、夫は平生と変わらぬ表情であった。

「で、どのようになさいますので」

「ふむ」

ようやく、孫兵衛が顔を上げた。

「どのようにするというて、お断わりもなるまい。なにしろ相手は若君さまじゃ」

「それはわかっておりますが、あとあと、面倒に巻き込まれることに、なりはいたしませぬか」

「ふむ」

孫兵衛は、首をかしげてから言った。

「なるようにしか、なるまいよ。いや、本来なら、めでたいはずのことなんだが……」

「それでよろしいのですか。山路さまの手前もありましょうに。せめて、村上さまにご相談でもなされては」

村上というのは、郡《こおり》方《かた》勘定役小頭の孫兵衛の上司で、組頭であった。さらにその上司として郡奉行助役《すけやく》がいて、奉行の山路がいた。

こうして夫婦が、ああでもない、こうでもないと頭を悩ませているのは、きょうの夕刻の使者にあった。

若君傅役の松田与左衛門吉勝からの使者の口上は、きたる六月の晦日《みそか》に、左門さまのもとへ勘兵衛を伺候させせよ、というものであった。そして引き出物として反物二疋、馬代一両を置いていったのである。

「村上どのに相談したところで、どうにもなるまい。もちろん、明日にも、かくかくしかじかとのご報告は申し上げるが、そのあとのことは、やはり、なるようにしかなるまいて。変に相談などかければ、それこそ山路どのがしゃしゃり出てきて、かえって、おかしなことになるやもしれぬ」

「困りましたなあ」

梨紗は、もう一度、深い息をついた。

「まあ、悪いようには考えぬことだ。なにしろ、若君への御目見得など、我が家の家格からしても、常ならばあり得ぬことぞ」

勘兵衛は、なるほど、これまでに無茶をしてきたが、それでも命が助かったということは、よほどの強運だと思われる。その運の強さを信じれば、今度のことも、あるいは大きく運が開けるきっかけかもしれない。

さかんに心配する妻に対して、孫兵衛は、そのようなことを言った。

こうして二人が思案に暮れるのは、ほかでもない、長年にわたる世継ぎ争いのことであった。

今から十一年前の暮れ、藩主の直良公は松平近栄を養子に取り、これに満姫を娶《めあわ》せた。二人は今も大野城にいる。

ところが、それから一月と一日たった正月の五日、江戸において直良公の男児が誕生した。それが左門君である。さらには八年前、この大野へお国入りして、城も間近の二の郭《くるわ》に居住した。

さあ、それから大変である。

近栄君を立てる乙部勘左衛門、左門君を擁する小泉権大夫の二家老が、それぞれに派閥を集めて二分して、陰での闘いがはじまった。

もっとも、そんな闘いを公にはできない。下手をすれば、お家騒動に発展して、それを幕府に気取られれば、たちまちにして改易の口実を与えてしまう。

そのことを互いに熟知しているから、闘いは水面下の暗闘となって、だからこそなお、どろどろとした神経をすり減らすようなものになっていった。これまでに何人かの死人も出ている。

両派とも、互いの勢力を増やすことに躍起になった。落合孫兵衛のもとにも、両派から数えきれないほどの勧誘がかかった。

——奥向きのことに、首を突っ込みたくない。

だが、孫兵衛は、終始その逃げ口上で、いずれの派閥にも与《くみ》せず、きょうまできた。そのことで、なにかと嫌がらせを受けることもあった。特に郡奉行の山路帯刀《たてわき》などは、乙部家老派の最右翼で、派閥に入らぬ孫兵衛は、ずいぶんといたぶられることも多かった。

そんななか、我が子を左門君に伺候させる。そのときには、どのような報復が待っているか、梨紗の心配は、つまるところそこにあり、思わぬ成り行きに、ふと孫兵衛の表情が曇るのも、そのような事情があるからだった。

だが、梨紗の心配を取り除こうとしゃべりながら、いまようやく孫兵衛の腹も決まったらしい。

「晦日というと、もう、十日もない。まさか、こんなに早く、勘兵衛に裃が必要になるとは思わなかったが、それまでに間に合わせてやれ」

松田家用人の新高陣八が持参した反物には、そのような意味もあるのだろうと思われた。

5

真新しい単衣に袴、それに麻の裃を母に手伝ってもらって着用しているところに、思いがけず、伊波利三がきた。

「おう、馬子にも衣装というが、なかなかよく似合うではないか」

伊波は、そう言うと、

「おばさん。勘兵衛を迎えにまいりました」

そう言って、ぺこんと頭を下げた。

そのそばで、利三をここまで案内してきたらしい二つ年上の姉、詩織が頰をぽっと赤らめている。

——なんだ、姉上は……。

あきれ顔の勘兵衛の視線に気づいたか、姉は、そそくさと消えた。

母と姉に見送られて家を出た。

伊波がなにかと話しかけてきたが、勘兵衛は無口だった。着慣れないものを身につけて、どうも面映ゆかった。

「怒っておるのか」

馬出しの広場から上町口の木戸を抜け、城の外濠である百間濠を橋で渡りながら、伊波が言った。

「いや」

勘兵衛は正直に答えた。

「緊張しているだけだ」

「そうか」

「そうだ」

「勘兵衛がのう」

「まさか、こんなことになるとは思わなかった。いばりさんのせいだ」

「いや。すまぬ。俺も、まさかと思ったんだが」

「で、若君は、どのようなおひとだ」

「心配するほどのことはない。気さくなお方だ」

「ふむ」

しゃっちょこばって歩いてきたせいか、身体がどうにもこわばっていて、首をぐるりとまわすと、ぽきりと、小さく関節が鳴った。ついでに小脇に抱えていた風呂敷包みを持ち替えた。

「そいつはなんだ」

「土産だ。母が持っていけと言った」

「若君への土産か」

「うん。こんなものは召し上がらぬと思うんだが、どうしても持っていけと言うから、仕方がない。菓子だ」

「おう、もしかして、け、け、けんけらか」

勘兵衛がうなずくと、「それはいい。おばさんのけんけらは絶品だからな」と伊波は笑った。

けんけらは、この地方に伝わる菓子で、炒めた大豆を粉にして、これに水飴をくわえて薄くのばし、長方形に切って一ひねりしたものである。昔、永平寺の建径羅という名の僧が考案したから、その名になったと聞いている。

外濠の内側は、土塁と隅櫓《すみやぐら》で取り囲まれていて、そこからはもう城内であった。大手門の門番は、無言で二人を通した。

そこは三ノ丸内で、家老たちの屋敷群があり、藩庁の役所なども建っている。勘兵衛の父が勤める郡代役所も、ここにある。

地形的には、山頂に本丸が建つ亀山の東山麓にあたる。山頂の天守は、焔硝櫓や麻木櫓に囲まれて、二層二階の御殿ふうのものだ。もしかして、父の姿はないかと視線だけを動かしたが、みつからなかった。

ときおり行き交う城勤めの武士たちのなかには、勘兵衛たち二人を認めて立ち止まり、なにやらひそひそと話をするものもいた。どうやら、勘兵衛がきょう左門君のところへ伺候することは、それなりの噂になっているらしい。

やがて内濠に行き当たった。石垣に白塀の内部が二ノ丸だが、そこから先に勘兵衛は足を踏み入れたことはない。いや、父さえ入ったことはないだろう。

ますます緊張が高まってきた勘兵衛をよそに、伊波は慣れた足取りで、橋を渡っていった。

二ノ丸内には、さらに石垣をめぐらせた藩主の居館があり、藩主の縁戚にあたる家の屋敷などが建っていると聞いていた。

6

松田屋敷に通され、庭に面した広座敷で勘兵衛は、一人ぽつんと待たされた。

静かである。庭には池があり、水葵《みずあおい》が薄紫の花をつけていた。一日かぎりの花で、翌日にはまた新しい花をつける浮き草だ。その上をトンボが舞っている。

そんな景色をぼんやり眺めているうち、やがて、どやどやと少年たちが入ってきた。

少年といっても、みんな勘兵衛よりは年上だ。数えると五人で、その中に、伊波の姿もあった。

「やあ、待たせたな」

少し小柄なのが声をかけてきたが、服装や態度から、これが左門君か、とすぐにわかった。

小姓の一人が、上座に座布団を用意するのを見て、

「よい、よい、こちらがよいわ」

若君は、どっかと勘兵衛の正面にあぐらをかいた。言われた小姓が、あわてて座布団を運んできた。

「はじめてお目にかかります。手前が落合勘兵衛でございます。よろしくお見知りおきくださいますように」

正座のまま挨拶をした。

「堅苦しい挨拶など抜きじゃ。とにかく、そちにここへきてもらったのは……」

若君は、ふと小姓たちが、どうしたものかと立ちすくんでいるのに気づき、「おまえたちもここへ座れ」と皆を車座に座らせた。それから勘兵衛に言った。

「そちも、そんなにしゃちほこばらずに膝を崩せ。とにかくだな。聞くところによると、そのほう、無茶の勘兵衛と呼ばれているそうだが、それにちがいないか」

「はあ。そのようでございます。近ごろは無茶の勘兵衛を縮めて、無茶勘などと呼ばれております」

「ほうほう、無茶勘か。なるほど」

若君は嬉しそうに言うと、膝を乗り出してきた。見るところ、そうとう、せっかちな性格であるらしい。

「いや、そのほうが、なにゆえに無茶の勘兵衛と呼ばれているか、そのいわれについては、この伊波から聞いておるが、そちの口から直接に聞きとうてな。そちを呼んだのは、そういうわけぞ」

「ははあ、恐れ入ります」

思わず恨めしい気分になって、勘兵衛は伊波を見た。

その視線を受け止め、伊波が口を開いた。

「あ、若殿。この勘兵衛め、なにやら土産を持参しているそうでございますが」

「ほう。いったいなにじゃ」

言われて勘兵衛は、傍らの風呂敷包みを解いた。母手作りのけんけら菓子が、竹籠いっぱいに盛られている。この竹籠も、父孫兵衛が編んだものだ。

「うむ。これは？」

茶黒くひねられた菓子を、若君ははじめて目にしたようだ。

「けんけらという菓子でございます。我が母が作りました」

「けんけら？　はて、奇妙な名よな」

言って若君は、小姓たちに尋ねた。

「そのほうらは知っておるか」

皆がうなずいた。代表して伊波が答える。

「若君のお口に合うかどうかは、わかりませぬが、なかなかにうまいものでございます。特に勘兵衛の母が作るこれは、また格別のものと思っております」

「そうか。どれ」

さっそく手を伸ばして菓子をつまむと、若君はそれを口に持っていった。

「おう、これは」

歯を立て、いったん口から離すと、「なかなかに固いものじゃな」言って、次はぱりんと嚙み割った。

味わったあと、これは癖になりそうな味だと感想を述べ、再び竹籠へ手を伸ばしながら、皆も一緒に食えと言い、一人が茶をもらいに座敷を出て行った。

わいわいと、なにかしらのどかな雰囲気が座敷に漂ってきた。

再びうながされ、勘兵衛は答えた。

「話と申しましても、ただ生来の粗忽者ゆえに、これまでに何度か命を失いそうになったまでのこと、たいした話ではありません」

「うむ。一度目は雪に埋まり、二度目は池で溺れたそうだな。それから次は、どこぞの楠《くすのき》に登ったと聞いたが」

「はあ、あれは最勝寺の楠でございました」

「高い木か」

「いや、さほどのものとも思いませんが」

小姓の一人が、口を添えた。

「あれは、五丈ほどはありましょうか」

「けっこう高いではないか。てっぺんまで登って身動きがとれなくなったそうだな」

いつの間にか、頂上まで登ったことになっていた。噂というのは、そういうものだろう。

「いえ、てっぺんまでは登っておりません。せいぜいが三丈くらいでございましょう。それに……」

木登りがむずかしいのは、枝に手が届くまでで、枝にとりつきさえすれば足場ができるので、あとは、いくらでも登れる。

ただ自分の場合は枝分かれしながら天に向かう、枝選びに失敗した。上へ上へを目指しながら、知らぬ間に横枝を伝わり、やがてだんだん細くなる枝が身体の重みで大きくしなってきた。その結果、勘兵衛の身体は枝にとりついたまま、上にあるべき頭が枝ごと地上に向いてしまったことだ。

「それでも、時間をかければ、ゆっくりと後ずさりして誰にも迷惑をかけなかったものを、見ていた寺男が仰天して知らせたものですから、鳶《とび》や火消しが梯子をかついで駆けつけたりして、とんだ騒ぎになってしまいました」

これだけは言っておかねばならぬ、と勘兵衛は強調したのだが、これがかえって受けたのだろうか。

「愉快じゃ」

若殿は大喜びした。

次いで、清滝川の一件も所望された。

その間にも、お女中が茶を運んできて、勘兵衛もあわせて六人の少年たちは、ぱりぱりとけんけらを嚙み砕き、にぎやかな座談が続いた。

「清滝川のことは、梅雨にて川が増水しておりました。それで流れも速くなっておりましたのを、さほどのこととも思わなかった、わたくしめの見込みちがいというだけのことです」

「だいたいのことは伊波から聞いておるが、そもそも、なんで、川などに飛び込んだのじゃ」

「はあ、それは……。あの日は、妙にむしむしした暑い日で、一泳ぎしたいという気持ちもありましたのですが」

言いながら伊波を見ると、ぜんぶ話せというような目配せを送ってきた。

「実は、あの日、そこの伊波さまから江戸土産という竹とんぼを見せられまして……」

あれは坂巻道場の稽古が終わったあとだった。

伊波が見せたのは、江戸帰りの叔父が土産に持ち帰ったもので、玩具というより、むしろ装飾品に近い立派な竹とんぼであった。柄は黒の漆塗りで、羽根の部分には豪華な金蒔絵が施され、その両端には、トンボの目玉を意匠したのか、真っ赤な丸が描かれていた。

はたして飛ぶのか、といった話になり、二人は連れだって城西方の広河原に向かった。竹とんぼは、よく空中を舞った。

そうして二人、夢中になって遊んでいたのだが、そのうち、勘兵衛が思いきり勢いをつけて飛ばしたのが、方向を誤ったのか、一陣の風に乗ったのか、見る見る空中を横滑りしていき、清滝川の半分ほどを越えて、川中の中州に着地してしまった。

——よし、とってくる。

自分が飛ばした失敗ということもあって、勘兵衛は衣服を脱ぎながら言った。

——よせ。流れが速そうだ。

伊波は、そう言って止め、たかが玩具だ、と言ったが、勘兵衛は聞かなかった。

そして中州を目指し、ふんどしひとつになって飛び込んだ。本人は必死で泳いでいるつもりだったが、身体は、あっという間に遠く流されてしまったのだ。

「流されている間、溺れて死ぬとは思わなかったか」

「多少、水は飲みましたが、溺れ死ぬとは思いませんでした。途中岩場や河原が目に入りましたので、なんとか、そこへたどり着こうと、もう夢中でしたから。結局ずいぶん流されましたが、どうにか曲がりのところで、岸へ上がることができました。今から思えば、よく溺れなかったものです」

「どのあたりまで、流されたんだ」

「はあ、岸に上がったのが、太田村のはずれでした」

問いかけるような若殿に、

「半里以上はありましょう」

小姓の一人が言った。

「ううむ」

若殿は、感心したような声を出した。

「岸から上がって、城下まで歩いて帰ろうと思いましたが、困ったことになっておりました」

「ほう。どうした」

「はあ、流されおる間に、どうしたものか、ふんどしがなくなっておりまして」

たちまち座敷は爆笑の渦に包まれた。

「いや。笑いごとではありません」

「それは、そうだ。素っ裸ではな。それでどうした」

言いながら、若殿は腹を抱えている。

ちょうど通りすがりの百姓に出会い、訳を話して野良着一枚を借りた。その姿で、城下への道をたどっていると、野良着を借りた百姓が、大声で勘兵衛を追ってきた。聞けば川筋を幾艘もの川舟が下ってきて、それが勘兵衛を探索する舟であったらしい。伊波が急を知らせて出た探索隊だった。

「おかげで、ひどく、お叱りを受けました」

勘兵衛は、そんな顚末を語った。

「きょうは、まことに楽しかった。また会おうぞ」

左門君に言われて、勘兵衛の伺候は無事に終わった。

清《きよ》滝《たき》社

1

松田屋敷の日から一月以上がたったが、その後、伊波と会う機会はこなかった。忙しいようだ。

どうも、奇妙な具合だった。

妙に城下が、ざわつきはじめた感がある。

――近ごろ、江戸からの使者が多くなったそうな。

――穴馬谷で密使が斬られ、密書が奪われたらしい。

そんな噂が流れた。

穴馬谷は城下から十里も先だが、斬られて死んだという江戸詰の若侍は病死と届けられて、実態は謎であった。

——いよいよ、お世継ぎの件が動き出したようだ。

そんな噂も飛び交うが、その実、誰も具体的なことを知らない。

近栄派と左門派との間に、血を血で洗う決闘が始まるかもしれない。そんな話まで出てくる始末で、息をひそめるような日日が続いている。

折も折——

今度は、江戸家老の小泉権大夫が、近く国許《もと》に帰ってくる。そういった情報も出てきて、さらなる憶測が憶測を生みはじめていた。

そんななか、勘兵衛の身にも小さな変化が起きていた。

藩主の若君に拝謁したからといって、勘兵衛自身、なにがどう変わったというわけでもないのに、周囲の目が変わってきている。

それは、家塾でも坂巻道場でも同じことで、ついこの間まで、気軽に声を交わしてきた仲間たちが、ひそひそ話をして勘兵衛を遠ざけるような気配があった。

なかには、勘兵衛が生意気だという声も聞こえてくる。ちょっと若君に気に入られたからといって、最近、あいつは図に乗っている。近く、ヤキを入れてやらねばならん。そんなことも耳に入ってくるが、噂の元は不明だった。

不明だが、たぶん、山路亥之助あたりから出た話だろうと、勘兵衛は踏んでいた。両親からこれまで、なんの説明もないが、この城下で藩主の跡目争いが長年にわたってわだかまっていることは、まだ十一歳の勘兵衛も知っていた。だが、どちらがどう正しいのかという判断はつかない。

一方が藩主の養子で、一方は実子だった。

当然、実子のほうが優先される、という意見がある。一方、養子のほうにも、元もとが藩主に嫡子がいないため、相続を条件に出雲からわざわざやってきた。それがあとから藩主に子が生まれたからといって、約束を反故《ほご》にされてはたまらない、という事情がある。

どちらも、もっともなことだ、と勘兵衛自身は思う。

養子の松平近栄《ちかよし》が出雲から連れてきた家臣団は、もちろん近栄の擁立組である。大野藩側にも、これに味方する一派があった。それが国家老の乙部勘左衛門、さらには郡奉行の山路帯刀《たてわき》たちであった。

問題は、その山路が、勘兵衛の父を掌握する郡奉行であったことだ。そして孫兵衛は、山路たちの派閥に加わることを峻拒したらしい。そのことで父が、理不尽な冷遇を受けている様子なのは、それとなく感じてきた。

山路亥之助は、その郡奉行の嫡子である。
そして勘兵衛は亥之助と面識があった。
あれは二年前の、例の清滝川の騒ぎのあとだった。騒ぎを起こした張本人だという
のに、城下で勘兵衛の人気が、妙に上がったことがある。「無茶勘」という異名が、
急に広がりだしたのも、そのころだ。
——坊ちゃま。あまり無茶をなさってはいけませんよ。
見知らぬ町人までが笑いながら、道を行く勘兵衛に声をかけてくることがあった。
そんなある日、行く手を遮った少年がいた。
それが山路亥之助だった。勘兵衛より四つ年上である。
——人騒がせなやつよ。
切れ長の目を冷たく光らせて、亥之助は吐き捨てるような口調でなじった。
——民たちに、どれほどの迷惑をかけたかわかっておるのか。それも一度ならず、
二度、三度とじゃ。武士のやることではない。恥を知れ、恥を。
難詰されて、勘兵衛は一言もなかった。たしかに大きな騒ぎを起こしたのは、勘兵
衛の不注意だった。
以後、注意をいたしまする。勘兵衛が謝って、その場はそれですんだ。

だが、あのときの冷たい亥之助の目と、嘲り、いたぶるような態度は、今もはっきり勘兵衛のなかに焼きついている。その後も、道で行き会うときなど、亥之助は明らかな敵愾心をあらわにした。

松田屋敷に、左門さまを訪ねたあとは、さらにその敵愾心が強まってきている……勘兵衛は感じている。勘兵衛に制裁をくわえる、という噂を耳にしたとき、真っ先に亥之助を脳裏に浮かべたのは、そういうわけだった。

もちろん、常と変わらず、勘兵衛に接してくる者もいる。

たとえば家塾や坂巻道場で同期の塩川七之丞や中村文左などは、気にするな、おまえが若君に喚《よ》ばれたことで妬いてるんだよ、と言ってくれたが、得体の知れない疎外感が、勘兵衛の胸に棘を植えていた。

2

その朝も、いつもどおり勘兵衛は本願寺の家塾に向かった。

この家塾では、単に学問だけではなく、六芸《りくげい》、すなわち、礼、楽、射、御、書、数を習って、文武両道の技芸を修めることになっている。礼は礼儀作法、楽は音楽、射は弓術で、御は乗馬である。

武家の子弟が家塾に入るのは、九歳の新年からで、年齢に応じて三つの組に分かれている。

まず最初は梅組で、ここでは礼儀作法と楽、書、数の基礎を教えられる。書のほうは一日一字ずつを習得することになっていた。

次いで十二歳の新年から竹組に移り、本格的な礼儀作法を習い、経典を読む。楽や数に才能ある者は、さらに研鑽を積んで、十五歳の新年には松組に移る。

松組に入ると、馬術や弓術の修練が始まるが、これは課外授業で本願寺を離れ、馬場や矢場が家塾の舞台となる。本願寺講堂では、講座が開かれて、経典の道理や文義を学ぶとともに、楽や数についても、さらなる研鑽を積むことになっていた。

もっともこれらは義務ではないから、家塾に入ろうと入るまいと自由だし、入ったからといっていつ家塾をやめてもかまわない。裕福な家なら師を雇うところもあれば、それぞれ研鑽したい学問の私塾に通う者もある。特に武芸に関しては、城下に点在する道場へ、それぞれ別途に通う者のほうが多い。

あと五ヶ月足らずで竹組に移る勘兵衛は、きょうの第一講、古文真宝の輪読を終わったあと、持参の笛を準備した。勘兵衛には苦手な笛の練習が、まもなくはじまる。

そのとき小講堂に一人の若者が入ってきて、声高に言った。

「おい。落合勘兵衛というのがいるか」

その声に、勘兵衛は立ち上がった。その見知らぬ若者は、顎をしゃくるようにして、
こっちに来いというような仕草をした。

なんだろう、と思いながら行きかける勘兵衛の袖を隣の中村文左が引っ張り、短く言った。

「気をつけろ。あれは、山路亥之助の取り巻きの一人だ」

「ほう」

そうと聞いては、なおさら逃げるわけにもいくまい、と勘兵衛は思った。

(その取り巻きの一人が、俺を呼び出した……)

いよいよ、きたな。

勘兵衛はそう直感した。

「わたしが落合勘兵衛ですが、そちらは？」

小講堂の入り口を出たところの廊下で、勘兵衛は呼び出しをかけた男に対した。

「佐治彦六と申す」

「佐治さまと申しますと？」

「そんなことはどうでもよい」

佐治と名乗った男は、いやな顔をした。勘兵衛より四つ、五つは年上だろう。立派な体軀で、二まわりも三まわりも勘兵衛より大柄だ。すでに元服を終えているらしく、前髪もない。

「で、どのような用ですか」

「うむ。それだ」

佐治は、咳払いをした。

堂堂とした体軀で、ゲジゲジ眉が額にせり出しているような悪相だが、丸く小さな奥目を、しょぼしょぼとまたたかせた。

——厭《いや》いや、やってきた使いか。

勘兵衛は、そんなふうに感じた。

「明日から、ほうぜえだが、おまえも見物に出るのか」

「は？」

「要は、だ」

「はい」

「おまえに話したいことがある。顔を貸してもらいたい。いいな。明晩の五ツ（午後八時）だ。清滝社で待っている。こなければ、無茶勘はとんだ臆病者だと言いふらす。必ず来い」

言うだけ言うと、佐治は背を向け、足早に去った。

佐治が言った、「ほうぜえ」とは、放生会《ほうじようえ》のことで、明日の八月十四日から二日間にわたっておこなわれる八幡神社の秋祭だった。城下が賑わう一番の祭りである。山車《だし》や神楽や獅子舞や大太鼓などが、街中を練り歩いて、最後に八幡宮境内に入る。城下のみならず、近隣の村からも大勢の見物客が押し寄せ、城下が明け方まで浮かれるのが、例年のことであった。

「どうした」

小講堂に戻ると、さっそく中村文左が尋ねてきた。

「うん」

勘兵衛は、首をひねってから尋ねた。

「あいつ、佐治彦六といったが、知ってるか」

「ああ、馬廻り組のせがれで……、歳は十六、確か次男だ。後山町の組屋敷に住んでいる。軽輩の子だよ」

そう答えた文左自身だって、父は郡方の小役人で小物成役《こものなり》だった。俸禄二十石の家で、小物成とは、田畑に対する本年貢に対して、山年貢、野《の》年貢、草《くさ》年貢などの雑税のことをいうのである。

「そうか」

「で、なんだっていうのだ」

「呼び出された」

「え、どこへだ」

「ま、いいではないか」

「いいはずはなかろう。まさか、行く気じゃないだろうな」

「来なければ臆病者だと言いふらすそうだ」

「そうは言ってもな」

文左は少し考え、佐治のうしろには山路亥之助が控えているぞ、と言った。黙って勘兵衛はうなずいた。

文左に言われずとも、そんなことはわかっていた。佐治彦六は亥之助に命令されて、気の進まぬなりに明日の呼び出しを伝えにきたのだろう。そんな気配が、ありありと見えていた。

「山路の取り巻きというのは、どの程度の人数だ」

「いつも五人ほどが、つるんでいるようだぞ」

「そうか。五人か」

いたぶられるだろうな、と勘兵衛は覚悟を決めた。

笛の講師が入ってきて、二人は私語をやめた。

3

午後の坂巻道場で稽古に汗を流していると、塩川七之丞がそばにきて、

「ちょっと話そう」

稽古着の袖を引っ張り、道場の隅へ連れていった。

「文左に聞いたぞ。山路に呼び出しを食ったそうじゃないか」

「いや、山路かどうかはわからん。呼び出しにきたのは別のやつだ」

「山路に決まっておる。文左とも話したんだが、俺と文左も一緒に行こう」

「それは、やめてくれ」

「なぜだ」

「それこそ喧嘩になるではないか」

「向こうは、その気だろう。だからやつらは、わざわざ、ほうぜえの日を選んだんだぜ」

八幡神社の秋祭りは、振る舞い酒も入って見物衆も浮かれる。酒が入れば喧嘩も起こるが、祭りのことだから少少のことはお目こぼしとなる。やつらは、それを狙っているんだ、と七之丞は言った。

七之丞は勇み肌の少年だった。家職が目付という役目がらのせいか、歳の割にはおとなびたところがあった。

「そうかもしれんな」

「だったら、俺たちも一緒に行ってやる。他にも声をかけてみるか」

「いや。それはやめたほうがいい。数を頼んだと思われたくはないし、数がふくらめば、それこそ大ごとになる」

「うむ」

七之丞は、しかつめらしく、うめいた。

勘兵衛は、七之丞も文左も、これほどまでに自分を心配してくれていると知って、心底嬉しかった。思えば長い間、伊波利三とばかりつるんでいた自分を、二人は変わらず友人として扱ってくれている。そのことが、ひどく嬉しかった。

夕雲《せきうん》流を教える坂巻道場で、勘兵衛も七之丞も、まだ試合さえ許されない見習組で、素振りと基本の型だけを徹底的に教え込まれている段階だが、同組のうちでは頭ひとつほど抜きんでていて、道場ではともに、将来見込みがあると言われていた。

まだ思案している七之丞に、

「相手は、四つも五つも年上だ。一対一でも勝ち目はないが、相手がどう出るか、とにかく一人で行ってみるよ。まさか、よってたかっての卑怯な真似まではせんだろう」

言うと、七之丞は「うーむ」とうなった。

「そう言われれば、そうかもしれぬが……。たとえば、剣術の稽古をつけてやる、という口実を使って、思いきりたたきのめそうと考えているかもしれんぞ。山路は、村松道場で、かなり使うとの噂を聞いている」

小野派一刀流を教える村松道場は石灯籠小路にあって、門人の数は坂巻道場の倍以上、藩内でもいちばん大きな道場であった。その道場で、亥之助の席次は二十位以内に入っているという。

「稽古をつけると言われても、他流は禁じられていると断わる」

事実、年に一度の交流試合以外、坂巻道場では他流試合を禁じている。ましてや勘兵衛たちは、まだ道場での試合さえ許されていない初心者であった。

「そうとしても、万一ということもある。いくらおまえが無茶勘でも、知った以上は、ほうってはおけんぞ。どうだろう。おまえ一人で、という望みは聞いてやるが、念のために陰から様子だけはうかがわせてくれ。いよいよ、こりゃまずいという段になるまで出しゃばりはせぬし、なにが起こったにせよ、のちのちのために、証人も必要なんじゃないか」

言われて、今度は勘兵衛がうなる番だった。

かまえて無茶はせぬように、と日ごろから、耳にたこができるほど、母から言われていることを思いだした。

なるほど、成り行き次第では、十五、六の若者たち五人を相手に、一人で立ち向かう可能性もあるのだ。それは、確かに無茶以外のなにものでもなかった。

「おい、そこ!」

稽古をつけていた道場の次席、田原将一郎が、顔を寄せ合って話している勘兵衛たちに怒号を上げて、竹刀の先を向けてきた。

4

神明八幡神社の門前に勢揃いした各町内の山車《だし》は、暮れ六ツ（午後六時）に出発して六間町通り、七間町通りと練り歩き、途中休息を入れながら、夜明けまでかかって城下を一巡し、最後に八幡神社の境内に戻って、祭りの二日目に入る。

特に城下の目抜きは七間町通りで、城から近い一番町あたりは、豪商たちの商家が並ぶ繁華街であった。商家の二階では食膳、酒膳を前に藩のお歴歴たちが、道路にも見物の客たちが立錐の余地もないほどに、山車の到着を今や遅しと待っていた。

その人混みを分けるように、勘兵衛は百間濠端を南に向いて歩いていた。

一番町の町蔵（町役所）前を通るころ、時鐘屋敷が六ツ半（午後七時）を報《し》らせる鐘を打ち、それを待っていたように、遠くから、太鼓の音が風に運ばれてきた。行列が近いと知って、群衆がどよめく。

もう、とっくに日は落ちて、つい先ほどまで空にたなびいていた茜色の筋雲も、だんだんに色を落として黒黒としたものに変わっていたが、商家という商家が戸を開け放って灯火を出し、軒先には軒行燈を吊るしていて、道は昼間のように明るかった。

——まだ半刻ある……。

約束の戌《いぬ》の刻まで時間の余裕があったが、なかなか前に進めないもどかしさと、秋とはいえ汗ばむほどの気候に、勘兵衛は苛立っていた。

（怖ろしくなどはない）

ともすれば、隙間から忍び入ってきそうな怯懦《きょうだ》心を恥じて、勘兵衛は固く唇を引き結んだ。

昨夜、あれから、今夜の呼び出しについていろいろ想像したが、どのような成り行きになるものやら、具体的な像は一向に結ばなかった。ただ山路が、日ごろから心よく思っていない勘兵衛に対して、ヤキを入れるつもりらしいということだけは想像できた。

（ならば、精一杯に戦うだけだ）

おそらく袋だたきにあうだろうが、のちのち臆病者呼ばわりされることを思えば、なにほどのことがあろう、と決意を固めている。相手が何人がかりでくるかはわからぬが、侍の子としての意地だけは通さねばならぬ。でないと、将来、いつも勘兵衛は亥之助の風下に立つことになってしまう。

（それにしても……）

　亥之助は、なんと子供っぽい方法で意趣返しをするのだろうと、勘兵衛は思った。そんなことで、気が晴れるのだろうか。意図が理解できなかった。

（だが……）

　もっと別のことかもしれぬ。

　そうも思った。

　結局のところ、行ってみなければわからない。

　きのうから、あれこれ考えては結論が出なかったことを、また勘兵衛は考えはじめていた。

　やがて南北の外濠が西に向かう角まできたとき、六間町通りを東から向かってくる山車と行き会った。山車を曳《ひ》く、法被《はっぴ》に締め込み姿の男たちが歓声を上げ、山車舞台の上では、笛や太鼓が打ち鳴らされ、さらにその上の屋根では男が飛び跳ねている。周囲では、ひときわ歓声が上がった。

　その群衆から逃れるように、濠端を西に取り、途中、湧水池から濠へと引かれる水路を小橋で渡る。大野の町は、いたる所から湧水が湧き出《い》でる水の町である。

　小橋を渡ったころから、町のざわめきもだんだんに遠のき、あとは月明かりだけが頼りとなった。

きょう、清滝社に呼び出されたことを、もちろん勘兵衛は両親に話していない。ただ、秋祭りの見物に行くとだけ言って家を出てきた。弟の藤次郎を連れて行くようにと母に言われたが、友人と約束があるからと断わった。祭りの夜の城下は明るい。提灯を持ち出すわけにはいかなかった。

清滝社は城の南西、飯降山麓の谷間に建つ。さびしいところであった。

やがて道は清滝川にぶつかる。そこを南に、川べりを上流に向かって歩く。暗くてつまずき、たたらを踏みそうになった。立ち止まり、しばらく目を慣らした。ちょうど二年前に伊波と竹とんぼを飛ばした、広河原のあたりだった。

目が慣れてきたので、再び歩きはじめる。もう祭りの音は消え、ただ、ごうごうと川の流れの音だけがする。向かう方向にも、背後にもひとの気配は感じられない。山路亥之助たちは、すでに先に着いているのか。七之丞や文左は、どうしているのか――。

やがて清滝橋で、向こう岸に渡った。ここから道は登りになる。

どんどん登ると山門があり、道は石畳に変わった。石畳の両側には鬱蒼とした杉並木が続いている。足音に驚いたか、鳥の羽音がいやに大きく感じられた。わずかだが、びくりとして、勘兵衛は自分を恥じた。彼方に常夜燈の灯が見えてきた。

そこまできて、勘兵衛は傍らの石に腰掛け、暫時の休息をとった。足腰を疲れさせたままでは、喧嘩になったとき不利だと考えたからだ。

樹木に遮られて、城下の明かりは見えない。ただ上方に、常夜燈の明かりと、天に真ん丸な月が見えるだけだ。明日は十五夜だった。

(仲秋の名月……)

そうだったな、と改めて思った。

耳を澄ませたが、やはり、なんの物音もせず、ひとの気配もない。ただ深閑とした気配が身を包んでくるだけである。

(このまま、まわれ右をして逃げ帰りたい……)

それが正直な気持ちだった。

ふと、常夜燈のところに人影が浮かんだ。

(物見か)

すでに、山路たちは先着している、と思った。勘兵衛は立ち上がった。

5

清滝社の境内裏には相撲場があって、小広い空き地になっている。その方向で篝《かがり》火《び》がたかれているらしく、ゆらゆらと灯りがたゆたっていた。

（なるほどな）

そこだと社殿からも遠く、祢宜《ねぎ》たちの目にとまることもない。

勘兵衛がそちらのほうに歩を進めていくと、果たして山路亥之助の姿があった。ぜんぶで五人。そのうちの一人は、きのうの伝言役の佐治彦六だった。

「おう、きたか」

山路が言い、

「一人でくるとは、いい度胸だ」

「なんのお話ですか」

「話などない。近ごろ、おまえの態度が目にあまる。ひとつ、性根をたたき直してやろうというだけだ」

「はあ、それで、五人がかりですか」

「馬鹿を言うな。そんな卑怯な真似はせん」

「なるほど、じゃあ、一対一で、殴り合いでもやりますか」

言いながら、勘兵衛は素早く腰から小刀を鞘ごとはずして、近くの松の根方に置いた。

それを見て、山路以外の若者たちも、同じように小刀を投げ捨てた。いずれも、なかなか喧嘩慣れしているように見える。

「どうせ一対一ならば、山路さんとやろうじゃありませんか」

機先を制するつもりで勘兵衛は言ったが、亥之助は、ふんと鼻で笑っただけだった。

「おまえなど、敵ではないわ。殴っても手が痛いだけじゃ。俺はおまえの性根が治るのを、ここで見物しておいてやる」

亥之助は燃えさかる篝火の前まで行って、悠然と腕組みをした。そして、火の色に染まった酷薄そうな唇が動いた。

「おい。彦六、おまえが行け」

いよいよ喧嘩だと、勘兵衛が袴の股立ちを取ろうとしたとき、命じられた佐治彦六は、「うおっ」と叫びながら、いきなりつかみかかってきた。

虚をつかれてまず一撃、拳が顔面に襲ってくるのを、勘兵衛は左の腕《かいな》で防いだが、図体のでかい彦六の膂力《りょりょく》は強く、強力な拳が左の頬に炸裂した。

だが、殴られっぱなしにはしなかった。

彦六の伸びきった右腕を素早く抱え込み、勘兵衛は充分に腰を落とし、その腰に彦六の身体を乗せて伸び上がった。勘兵衛がかけた腰車はきれいに決まり、宙に舞い上がった彦六は、どうと背中から地面に落ちた。

「おう」と、敵陣から声が漏れたほど、見事に決まった。竹内流の柔術を、勘兵衛は小さいころから父に仕込まれている。

倒れた彦六に馬乗りになろうとしたが、思いきり脇腹を蹴られた。一瞬、息がつまった。その間に素早く彦六が起きあがり、再び拳が襲ってきた。思いきり顔面を殴られた。

ぬるりとした感触が唇に伝った。鼻血だろう。かまわず彦六に組みついていった。

その勘兵衛に、彦六は投げをかけてきた。勘兵衛も逆に足を払った。ほとんど同体で二人は地面に転がった。砂まみれになりながら、組み打ちになった。組み敷かれそうになるのをしのぎ、勘兵衛は遮二無二足を絡ませて、どうにか上になるのに成功した。

襟首を左手でつかみ、右の拳をふるった。二度、三度、とうとう彦六が悲鳴を上げた。

そのときだ。背後から、腕をまわして首を絞めてきたものがいる。さらには横から、いきなり、別の男が蹴りを入れてきた。

「卑怯！」

そう声を上げようとしたが、首に絡んだ頑丈な腕で、息すらできなかった。腕が、ぐいぐい頸動脈を締めつけてくる。

ふうっと落ちかけたとき、勘兵衛は乱れた足音を聞いた。

ふいに、すっと首が軽くなった。

「一人に多数が！　この、卑怯者め！」

そんな声が聞こえて意識を取り戻すと、眼前に新たな闘争が始まっていた。

（あ、利三……！）

一人は伊波利三だった。

（なぜ、ここに利三が……）

もう一人いた。これが強かった。

手にした三尺棒が生き物のように動き、回転して、繰り出した棒先で胸を突かれて、たちまち二人ほどが地面に転がる。

（あ、この人は……）

そのめざましい活躍を見せる少年が誰だったか、勘兵衛は気づいた。

（たしか、丹生《にう》だったか）

伊波と同じ、左門さまの小姓役の一人だった。

「おい」

そのとき、亥之助が感情のこもらぬ声で言った。

「引き上げるぞ」

篝火を一本引き抜くと、さっさとその場を離れていく。そのあとを、それぞれの小刀を拾った仲間たちが追った。

「ふむ。逃げ足だけは速いわ」

伊波があきれたように言い、

「おい。大丈夫か」

勘兵衛に手をさしのべてきた。

「はあ。大丈夫です」

「いやいや。ひどいことになっているぞ」

勘兵衛の顔をのぞき込んで、顔をしかめた。

「すまんな。もう少し早く着くはずだったんだが……」

「それよりも、どうしてここへ」

「うん。子細は、夕べのうちに七之丞が報らせてきた」

「七之丞から？」

「ああ、七之丞の姉は嫂《あによめ》だ」

それは知らなかった。

「で、七之丞は？」

「うん。くるなと言った。ぞろぞろついてこられれば、人目につくからな。なに、この丹生がいれば百人力だ。見たとおり、風伝流の名手だからな」

「すると、あの中山新左衛門さまの……」

中山新左衛門――天下に名を知られた竹内流槍術の武芸者である。

以前は藩主の直良に仕えて、この大野で新たに風伝流槍術を編み出し、その祖となった人物である。その後は致仕して、江州彦根家中に風伝流を広め、今は江戸で槍術の道場を開いていると聞いていた。

勘兵衛は、丹生に礼を述べたあと尋ねた。

「丹生さまは、どこで風伝流を学ばれましたか」

その素晴らしい技を目の当たりにして、興味を覚えたのだ。

「うん。我が伯父からだ。昔、中山先生の門下だったそうでな」

「ははあ、すると、道場のようなものではないので」

「うん。そういったものはないな」

言ってから、首をかしげた。

「だが、たしか、おまえの父御も我が伯父と同門だったはずだぞ。槍術のほうは伯父のほうが上だったが、柔術のほうはかなわなかったと聞いたが」

「そうだったんですか」

知らないことが、いろいろあると思った。

「それより勘兵衛」

伊波が言った。

「もう、これからは、亥之助などは相手にするな。逃げるが勝ちとも言うではないか」

「いや。そういうわけにも……」

鼻血をぬぐって、勘兵衛は首を振った。

「臆病者などと、言われたくはありません」

「なに、いましばらくのことだ。放っておけばよい。そのうち亥之助も、この大野にはいられなくなるはずだ」

「え。それは、どういうことですか」

「いや。ここだけの話だ。他言は無用」

突き放すように言った利三が、なぜか勘兵衛には、少し遠い存在になったような気がした。

惜別の竹とんぼ

1

伊波利三が漏らした謎のことばは、それからしばらくして、明らかになった。町に流れた噂どおり、江戸家老の小泉権大夫が国に戻ってきて、三日とたたずして、それまで秘事として扱われていたことが世間に漏れた。

十一年前の明暦元年冬十一月、遠く出雲より藩主直良の養子として入った松平近栄は、その養子縁組を解いて、新たに雲州広瀬藩三万石を創設することに決まったのだ。そして、その新藩の家老に、乙部勘左衛門が召し抱えられるというのだ。

それまで大野藩で千五百石の家老だったものが、今度は二千石となるそうな。表向きは栄転ともとれるこの人事が、無用の争いを避けようとする、政治的な匂いを帯びている感は、ぬぐえない。

　ともあれ、あっけない決着であった。

　こうして長年にわたる世継ぎ争いと、家老同士の勢力争いも一気に片がつき、小泉権大夫が、藩の権力を一手に掌握することになった。

　実は大野藩には家老職が三人いて、その下に家老御仕置役という役職が五人いる。その八人が年寄衆と呼ばれて、執政の中心になっている。

　いま、そこから乙部がこぼれ落ち、残る七人で、新たな人事がおこなわれようとしていた。

　それが、このところ、寄ると触ると囁かれる、城下の噂となっている。

「当然、出雲へは、御家老の乙部さまだけというわけにはいくまい」

　と、塩川七之丞。

「そりゃ、そうでしょう。まず第一番は、郡奉行の山路帯刀さま、それから次に……」

　中村文左も、たぶん親たちが語っているにちがいない予想を数えてみせた。

　そうしていくばくかの藩士が大野を去っていけば、新たな召し抱えもあるだろうし、空いた役職へ昇進する者も出てくるだろう。そんな思惑に、それぞれの藩士たちも熱心だし、子弟たちもまた、同様の関心ごとなのであった。

だが、そういった話題に、勘兵衛は加わらずにいた。

すでに、秋祭りの夜、勘兵衛は伊波から秘事の一端を聞いている。まずまちがいなく、山路の家は、この大野を去る。そう確信していたが、伊波の「他言無用」の一言が勘兵衛の口を閉じさせていた。

父のためにも、勘兵衛にとっても、かたちはどうあれ、山路の家がこの大野から放逐されることは、喜ばしいことであったのだ。

だが、勘兵衛のこの確信は、もろくも崩れ去ることになる。

なんと、山路帯刀は、変わらず現職のまま大野にとどまることになってしまった。

(どうして、そんなことになったのか)

そこには、思わぬ背景があった。

先に大野藩には、三人の家老がいると述べた。

小泉、乙部の両家老の他に、もう一人は津田富信といって、これはもっと大物であった。

これが永代の、大野藩筆頭家老の家となるはずの、はっきりいえば、藩主の縁戚にあたる津田家だった。いまは津田を名乗っているが、元もとは織田姓である。

津田富信は藩主である松平直良の、母方の従弟にあたった。直良の亡母は奈和子といって、当時の尾張犬山城の姫であったから、織田信長の流れをくむ名門である。それが徳川秀忠夫人（淀どのの妹）の口利きで、客分として越前松平家に預けられた、といういきさつがある。

そのような由緒ある家柄だから、ただの家老ではない。大名分といって、大名と同じ家格として扱われている家老だった。居館も城内二ノ丸にあった。

さて、その津田家老に山路は懇請を入れたらしい。しかも、山路帯刀の妻は、津田家老の三女であった。この閨閥が、山路の願いが入れられた最大の原因であったらしい。

そういったことを知ったとき、勘兵衛は、政《まつりごと》の裏に流れる不可思議なものを、少年ながらに思い知らされた。さらに将来、それを身に沁みて思い知らされることになるとは、まだ気づきはしなかったけれど……。

やがて、野山に早い紅葉が訪れるころ、松平近栄を頭とする家臣団が、ひっそりと大野城下を去った。そして雪景色一色となった十二月三日、左門さまが松田屋敷を出て、山峡の城の奥へと入った。

2

正月三日は、坂巻道場で竹刀はじめがあった。

大野では、正月の雑煮に里芋を入れる。大野芋と呼ばれる里芋は、この地の特産で、身がしっかりと締まっていて、味がよい。それも家の庭で作ったのを土つきのまま保存していたものだから、香りもすこぶるだった。

昼食に、その雑煮を三杯もお代わりし、身体を充分に温めてから、勘兵衛は水落町の家を出た。

家の軒下には、竿が渡され、昨年秋にとれたのを干し柿にしてぶら下げている。その横の竿に、振り分けにした大根を吊るしていた母が言った。

「終われば、まっすぐ帰ってくるんですよ。それに、決して無茶はしないように」

昨年の秋祭りの夜、顔じゅうを赤黒く腫らして帰宅してからというもの、以前に増した母の注意を、勘兵衛は右から左に聞き流した。これまた、いつものことだった。

(いよいよだぞ)

明けて十二歳になった勘兵衛は、意味もなく張り切っていた。

あさってからはじまる家塾では、竹組に進んで、四書五経の素読に入る。坂巻道場においても、今年からは、試合稽古が許されるのだ。

元服まで一人前とはみなされないが、一段階、格が上がったような気がする。

道場のある山王町まで、およそ半刻はかかる。雪道を踏みしめ、白い息をつきながら、勘兵衛は早足で歩いた。

歩きながら、思い起こすことがある。

昨年の暮れ、役所勤めも休みに入って、いつになくくつろいでいる父に、かねてから尋ねたかったことを勘兵衛は口にした。

「ちょっと耳に挟んだんですが、父上は、昔、中山新左衛門さまの御門弟だったそうですね」

「おう、そんなことを誰に聞いた」

「はあ、丹生新吾という知り合いからです」

「そうか。あの丹生の甥か」

父は目を細めた。

「風伝流の槍術を使うのを見ましたが、父上もご修行をされましたか」

「うん。習うことは習ったがな」

小さく笑いを刻んだあと、

「どうした。おまえも習いたいのか」

「はい。できますれば」

「やめておけ。あれは、そう役に立つものではない。修行なら剣にかぎる」

「と、いいますと……」

「槍など、普段から、持ち歩くわけにはいくまい」

「それは、そうですが……」

「つまりだ。槍持ちがいるということだ。いつも槍持ちを連れ歩くほどの家ならいざ知らず、我らには無用の武芸というものぞ。その点……」

父は左の腰に手を添えた。

「剣ならば、いつも、ここにあろう」

なるほど、そういう理屈か。

勘兵衛は深く納得したが、祭りの夜に一度見た、丹生新吾の華麗な技に憧憬を覚えていた。

その父は裃に威儀を正し、きのうに引き続き朝から挨拶まわりに出かけていた。

きのうは郡奉行、奉行助役、小頭などの上司の家をまわり、午後には家に帰ってきて、配下の小役人たちの挨拶を受けた。表情にも態度にも、いつもと変わりはなかったが、奉行の山路との折り合いは、好転しているのだろうか。勘兵衛には、そのあたりが気になった。

そしてきょうは、親戚の家をまわっている。

——それにしても、いばりのやつ。

次には伊波利三のことを考えた。

十月にいちど会ったが、それきり音沙汰もない。

若殿も城に入られたことだし、利三も忙しかろうとわかっていながら、少し寂しい。

こうして、だんだんと遠い存在になっていくのだろうか。

そんなことを思いながら、勘兵衛はさらに歩を進めた。

3

坂巻道場の竹刀はじめには、ほとんどの門人が集まっていた。欠席しているのは、風邪をこじらせた者くらいで、道場内は軽く五十人を越える人で、熱気を感じさせた。

そこに伊波利三の姿があったので、勘兵衛は目を瞠《みは》った。

勘兵衛を認め、利三は、よう、というように手を挙げた。そのそばには、塩川七之丞や、中村文左の姿もある。

とりあえずは殊勝に新年の挨拶を交わし、

「忙しいのか」

勘兵衛が言うと、伊波は笑った。

「やっとお暇をもらって、きのうから家に戻ったところなんだ」

「すると、ずっと城で暮らしているのか」

「まあな」

「大変なんだな」

若殿の小姓を勤めるというのも、大変なものだと、勘兵衛は正直な感想を漏らした。

「だがな」

伊波は小声になった。

「これで、先の見通しも立つというものだ。なにしろ俺は、三男坊だからな」

なるほど、そういうことか、と勘兵衛は気づいた。

武家の次男、三男は、下手をすれば一生部屋住みで、いずれかに養子に行くとか、婿入りするとかしなければ将来が開けない。

松平近栄が去ったいま、左門さまは立派な嫡子であった。以前の伊波は、単に傅役の松田に雇われて、左門さまの小姓に上がったというにすぎなかったが、いまは境遇も変わったらしい。つまりはれっきとした近習で、これは正式な出仕ということになる。

幸運というしかない。

そのせいか、利三は快活で嬉しそうに見えた。

そのうちに定刻がきて、道場主の坂巻直親が姿を現わした。

まず門人を代表して、師範代の広瀬栄之進が賀詞を述べた。ついで、道場主の新年の挨拶があった。

その挨拶は型どおりのものであったが、毎年秋におこなわれる村松道場との交流試合に触れて、なおいっそうの奮起をうながしたい、と結ばれた。

門人百人を超える村松道場との試合で、坂巻道場は、このところ、二年連続で敗れていた。

それから、暮れの納会の成績をふまえた、席次の発表があった。まだ練習試合さえ許されていない勘兵衛たちには無関係だが、次席の田原将一郎が順位を読み上げるたび、席次の上がったものは歓声を上げ、下がったものは嘆息を漏らし、道場は一段とにぎやかになった。

伊波の席次は二十二位で、昨年の正月のときより五位も落ちていたが、

「なに、しばらく道場にもきていないし、納会にも出席できなかったから、そんなものだろう」

利三は、恬淡《てんたん》としている。

（来年の正月には、自分たちも、こうして席次を読み上げられるんだな）

そう思うと勘兵衛は、身が引き締まるような思いがした。

席次の発表が終わり、師範代と次席による型の基本が披露された。襷《たすき》と鉢巻姿で道場の中央に進み、互いに木剣を八双に構えると、場内は静まりかえった。

次席の田原が切り込みを受け持ち、師範代の広瀬が受けにまわる。高弟二人の迫真の演技には、いつもながら息を呑む。

ひとつ間ちがえれば、骨を砕きそうな気迫で木剣が唸りを上げて頭上に落ち、それをぎりぎりでかわす見事な技が連続する。

針ヶ谷夕雲を始祖とする、無住心剣術の夕雲流は、実は不思議な流派であって、奥義は「相《あい》ヌケ」にあると説いている。これは、なまなかなことではない。

剣聖と呼ばれるほどの剣の遣い手同士だけに起こる現象で、互いが互いの強さをは

っきり認識し、互いに打ち合うこともできず、ついには互いに剣を収める。その状態を相ヌケといって、それを理想とするのである。

ある意味では、相打ちにも似ているが、相打ちならば、二人ともに死ぬ。だが、相打ちを馬鹿にしているわけではなく、まずは相打ちを目標に置くという剣術だった。つまりは勝ちを目標としないという意味で、不思議な剣法なのだ。

だから、試合に臨んでは自分を捨てるということが大事で、決して竹刀や木刀をこわがってはいけない。勘兵衛が、これまで三年間、この道場で鍛えられ、教えられたことは、ただ、その一点に尽きていた。

やがて演技が終わったとき、二人の高弟は汗びっしょりになっていた。

道場主の夫人が、頃合いを見計らって、道場に大釜を運び込んできた。甘酒である。皆が、これを楽しみにしていた。

大釜を車座に取り囲んだ勘兵衛たちに、椀が配られた。ふうふう言いながら啜ると、口中に柔らかな甘味が広がった。

4

久しぶりに、伊波と連れだって坂巻道場を出た。

「さんのさん、に行ってみるか」

伊波が、そう誘った。

さんのさんとは、日吉《ひえ》神社のことで、山王からきている。寺町筋裏の町はずれにある道場から、北へ少し行ったところにあった。

道の雪は踏み固められていたが、神社の石柵に積もった雪は、まるで羽二重餅のように見えた。伊波が、その雪を竹刀の先で、こそぐように落として歩く。

思いがけず、子供じみた真似をする伊波を、勘兵衛は不思議な気持ちで眺めた。

やがて境内に入ったが、新年だというのに、人っ子一人いず閑散としている。

伊波が、やはり雪を戴いた社殿を見上げながら、ぽつんと言った。

「一昨年の春祭りには、一緒にきたな」

山王社の例祭は四月にある。

勘兵衛は、夜店と人群れであふれる、祭りの情景を思い起こした。去年は、伊波がすでに左門さまのところへ上がって、勘兵衛は姉と弟で、祭りにきたのである。

「今年は、一緒にこれそうか」

「無理だな」

えらくはっきりと答えたので、勘兵衛は少し驚いて、利三の顔を見た。

「まだ、はっきりとせぬが、そのころ、俺は江戸だろう」

「え……」

思いがけないことばに、勘兵衛は呆然となった。

そのまま、互いに無言が続いた。

やがて、やっとことばを押し出した。

「そうか。そういうことになっているのか。門出だな」

「うん」

小さく利三はうなずいた。

寂寥《せきりよう》感が勘兵衛を満たした。

「いつだ。いつ、行くんだ」

「まだ、はっきりとは決まっていないが……、たぶん、三月ごろだろう」

「そうか」

再び沈黙が落ちた。

「はっきり決まれば、ちゃんと報らせる」

言って、利三は、

「うん」

自分で自分にうなずいた。

5

春、閏《うるう》の二月二十八日、大野城中において、左門さまの鎧着はじめの儀式が執り行なわれた。

鎧親は藍川五郎左衛門だった。

武家の子に鎧をつける鎧親には、武名を知られた者を選ぶ。藍川は、村松道場の師範代で、かつて藩主が国帰りのとき催された御前試合で、三人抜きをした人物だった。剣の腕は藩内随一と言われている。

その日から五日ほどが過ぎて、濠端の桜が満開になった。勘兵衛が住む水落町からも、中野村の里桜が望まれる。

曇っているというふうでもないが、空はぼやけた青色で、どこやら霞たなびく、といったふうでもある。夕刻のせいか日の光も鈍い。それでも長く雪に閉ざされていた奥越《おうえつ》の山国では、そんな日ざしさえ貴重に思えた。

花二十日という。蕾七日、咲いて七日、散って七日で、桜が終わると、初夏の兆しまであと一歩だった。

そんな春景色のなかで、勘兵衛は道場から戻ったあと、菜園にサヤエンドウを蒔《ま》いた。昨年の十月にも蒔いたのだが、霜と雪にやられて、全滅してしまったらしい。

仕方なく、蒔き直しているのだ。

春蒔きのエンドウは、もうひとつ大きく実らないが、仕方がない。

(霜を履《ふ》みて、堅氷至る、か……)

この新年から習いはじめた、易経の一節を口ずさみながら、種豆を蒔く勘兵衛に、春の日ざしが柔らかに降りそそいでいた。

一仕事終えてから家に入り、きょうの家塾での復習をしていると、母がやってきて、

「あなたに、お客さまです」

言ったあと、小さくつけ加えた。

「伊波利三さま。お上がりくださいと言ったのですが、なんですか、すぐに戻らねば

ならないそうです」

「わかりました」

木版刷りの冊子を置いて、勘兵衛は玄関口に走った。

(いよいよか)

そう思っていた。

この新年、さんのさんの境内で、利三から若殿と一緒に江戸に向かうと聞いていた。その日が決まれば、必ず報らせるとの約束もしていた。

(そろそろではないか)

桜が蕾をつけはじめたころより、勘兵衛はそんなことを思い、それなりに自分に覚悟をつけてきたつもりであった。

「やあ」

玄関のところで、利三は笑った。少しさびしそうな笑みだった。

「庭に出ようか」

ちょうど姉の詩織が、笊《ざる》いっぱいの青菜を手にして入ってきたので、勘兵衛は言った。

また姉に、ぽっと頬を赤らめられると、かなわないと思ったのだ。

空はよほど暗くなって、静かな夕暮れが訪れていた。どこからか、野鳥の声が届いてきた。

「キビタキだな。もうきたのか」

利三が驚いたように言った。

春にきて、秋には帰る渡り鳥だ。

しかし勘兵衛は、その話題には乗らず、短兵急に尋ねた。

「決まったのか」

「ああ、決まった」

「いつだ」

「出立は二十八日だ。まだ二十日ほどあるが、いろいろと準備があってな。とりあえず知らせにきた」

「その日は、国境《くにざかい》まで見送ろう」

「いや……」

江戸への旅立ちは大人数になるからと伊波は断わり、見送りは、選ばれた家中の者だけだ、とつけ加えた。

「そうか」

残念だが仕方あるまい、だが、せめて城下のはずれまでならいいだろう、そう言うと、自分の家族たちも、そうすると答えた。

「ときどき、手紙を書こう」

「ああ、約束だぞ。俺も書く」

勘兵衛は小指を突きだし、二人で指切りをした。

「それは、そうと……」

ふと思いだして、勘兵衛は尋ねた。

「丹生さんとか、あの松田屋敷で会った、御小姓衆も、みんな江戸へ行くのか」

あれは昨年六月の晦日だった。あれから早くも九ヶ月ほどがたっている。

「いや、あのときから残っているのは、俺と丹生だけだ。丹生のやつは、江戸へ行けば、風伝流本家本元の道場に通えると、えらく張り切っておる」

「ああ、中山先生に習えば、もっと腕が上がるんだろうな」

「うん。そうなると喧嘩もできん。末恐ろしいことだ。なにしろ、こっちのほうは」

伊波は、両手で剣を振り下ろすような仕草をして、

「まるきり駄目だからな。その点、勘兵衛は、なかなか筋がいいそうじゃないか。田原先生が、そう言っていたぞ」

田原は、坂巻道場の次席である。

「いや。まだまだだ。年上の者には、まったくかなわないよ」

竹刀で打ち合っても、力負けしてはねとばされる。もっと膂力をつけなければ、と自分でも思っていた。

二人で話すうちに、周囲もよほど薄暗くなってきた。

「じゃあ、そろそろ帰ろう。こうして話をする機会も、しばらくはないだろうが、達者でな」

「ああ、いばりさんもな」

「そうそう。これをな」

利三は袂から手拭いで包んだものをとりだし、そっと開いた。

「おう。それは」

思いがけぬものだった。

三年前、清滝川の中州に落ち、それきりどこかへいったと思っていた、あの竹とんぼである。

「ちょっと、言いそびれていたんだがな」

明るく笑って、伊波が説明をくわえた。

「おまえが川に流されて、実は俺も家でひどく叱られたんだ。原因はなにかと言われて正直に答えたら、次の日、兄がとってきてくれた」

「そうだったのか」

「これをおまえにやる。俺だと思って、身近に置いておいてもらえれば嬉しい」

「そうしよう」

勘兵衛は、ありがたく受けとった。

「じゃあな。行くぞ」

伊波が背を向けた。

夕焼けのなか、伊波の背が夾竹桃の生け垣の向こうに消えたとき、思わず勘兵衛は駆けだした。入り口のところまで走ったが、伊波は振り返らなかった。

その背を見送りながら、勘兵衛の目からは、涙があふれ出していた。

6

江戸の伊波利三から、最初の便りが届いたのは梅雨のさなかだった。

江戸から国許への使いがあって、その家士に託された手紙だった。

「おそれながら……」

寺島四五右衛門と名乗った若侍に、勘兵衛は尋ねた。

「寺島さまは、いつまで御城下にご滞在でしょうか」

「三日ばかりの予定じゃが」

野袴に草鞋をはき、笠こそとっていたが、袖無し合羽からは雨滴が滴って土間を濡らしている。外は絶え間ない雨であった。

ちなみに土佐紙に油をしみこませて作ったこの合羽は坊主合羽とも呼ばれて、当時は雨具として欠かせぬものであった。合羽の名は、慶長のころに伝わったポルトガル語のカパに由来している。

「では、一両日のうちに、伊波に返事を書いて届けますゆえに、江戸までお運びいただけませんでしょうか」

「承知した。我が屋敷は柳町にある。伊波のところから五軒南だ」

柳町は、三ノ丸外曲輪《そとくるわ》の侍町にある。特に百間濠東の柳町や、その南に位置する代官町は、いずれも上級武士の屋敷が建ち並ぶところだった。

「お聞き届けをいただき、ありがとうございます」

勘兵衛が礼を言っているところに、母が茶を入れてきた。

「どうぞ、まあ、むさいところではございますが、茶など一服して、御休息くださいまし」

「いや、それはかたじけないが……」

寺島は、足を伸ばしてやってきているので、このまま失礼する、と言って、縁台に置いた打飼いを肩に担ぐと、笠をかぶった。

「見送りは不要。では、これにて」

きびきびした動作で、外へ出て行った。

江戸から、この城下までの旅程は、およそ十日、城下を過ぎなければ、この水落町にはこれない。寺島の言ったとおり、先に手紙を届けてくれたようだ。

せっかく茶を入れたから、けんけらでも囓《かじ》らぬか、と母が言ったが、勘兵衛は一刻も早く伊波からの手紙を読みたかった。

「じゃ、部屋のほうへ運んで進ぜましょう」

梨紗の声を後ろに、勘兵衛は自分の部屋に戻った。

水落町のこの屋敷は、百六十坪ほどの敷地に、建坪が二十五坪くらいの切妻造り茅葺き平屋である。建て屋内は玄関と土間、とっつきに八畳座敷、六畳次の間が二つ、さらには六畳と四畳の物置に、台所と風呂と便所がそなわっていた。

その四畳物置を片づけ、折敷《おしき》を敷いて、今年から勘兵衛の部屋になっていた。勘兵衛は、さっそく手紙を包んでいる油紙をはずし、伊波利三からの便りを開いた。

部屋が薄暗いので、明かりとりの下に行き、わずかな光を拾い集めるようにして、手紙を読んだ。

先ほどよりは多少、雨足も鈍ったようだが、降りつづく雨の音が、光とともに明かりとりからしのびこんでくる。

元気でやっているか、俺も元気だ、ではじまる伊波の便りは、三月二十八日に国を発ち、四月九日には江戸に着いた、と続いていた。愛宕下にある江戸藩邸は、去る明暦の大火で小石川の藩邸が全焼したため、その代地として与えられたもので、およそ二千坪の敷地だというようなことも書かれていた。

明暦の大火というと、勘兵衛が生まれた年だから、利三は、ずいぶん昔のことまで引っ張りだすものだ、と勘兵衛はおかしくなった。おそらく利三は、初めての江戸で、見るもの聞くもの、すべてが珍しく、どうしても書き送りたかったのだろう、と勘兵衛は思った。

そのとき母が、湯飲みとけんけら菓子を運んできた。

「ありがとうございます」

勘兵衛は礼を言い、

「伊波さんは、元気のようです」

「そう。それはなにより」

行きかけた母が言う。

「行燈をおつけなさい」

「いえ。まだ大丈夫です」

答えて、勘兵衛はけんけらをひとつつまんだ。かりりと嚙んで、手紙の続きを読む。

次には、左門さまのことに触れていた。

まずは、江戸到着後、晴れて世子として幕府に届けられたこと、そして、きたる五月二十八日には江戸城に上がり、将軍家綱公に拝謁が決まったことが書かれている。

（おう）

あさってではないか、と勘兵衛は手紙から顔を上げた。

そして、なるほど、この手紙を届けてくれた寺島四五右衛門という若侍は、国にこのことを報告にきた使いではないか——そんなふうにも想像したのである。

ほかにも、こまごまとしたことが書かれていて、丹生新吾にも触れられていた。

それによると、丹生は風伝流開祖の中山道場へ通うことを楽しみにしていたが、その肝心の中山新兵衛は、すでに江戸の道場をたたんでいた。旗本金田政勝の推挙によって、美濃大垣藩主の戸田氏信に仕えることになり、大垣に行ったらしい。丹生がとても悔しがっている、と続いていた。

勘兵衛は、隅の文机を明かりとりの下に運び、硯箱の蓋を開けた。伊波に返書をしたためるつもりである。

組屋敷の泥棒

1

三年の月日が流れた。

その日、郡方小役人、松原八十右衛門の内儀であるトメは、ひどく忙しかった。四月一日は更衣《ころもがえ》で、綿入れから袷《あわせ》にかわった。身が軽軽《かるがる》となるのは嬉しかったが、その後始末が大変である。

衣服から綿を抜き、洗い張りして、綿は打ち直しをする。それらが終わると、また仕立て直さなければならない。八十右衛門のところに嫁いで、すでに七年。まだ子はできないから、夫婦二人きりの衣服とはいうものの、俸禄が少ないので、すべてを一人でこなすことになる。

そのうえ、このところ実家の母が病を得て、ときどき介抱にも出かけなければならなかった。それで、仕事は滞りがちだった。

（入梅も近い……）

きょうも朝から、雲が低く垂れこめて、すぐにも梅雨入りしそうな気配もあった。どうしても、それまでに始末を終えておきたい。

あわただしい気分に追われ、トメは忙しく針を動かしていた。

その甲斐あって、ようやく一枚の綿入れ小袖を仕上げた。トメが嫁入り道具のひとつとして持参した憲法染めで、黒茶の地色がやや地味ではあったが、お気に入りの一枚だった。

（残るは一枚……）

夫の普段着を、午前中に洗い張りしたが、今日じゅうには乾いてくれるだろうか。

確かめに裏庭に出て、板張りした布地にそっと指を這わせると、しっとりとした湿気が伝ってくる。

（まだ、無理みたいね）

トメは恨めしく曇り空を見上げた。

そろそろ七ツ（午後四時）に近いだろうか、灰色に垂れこめた雲をとおして、西空がぼうっと明るかった。

そのとき表戸を叩く音がした。トメが庭から台所を通って玄関へ走り出ると、実家の隣家の子供が立っていた。

「おばちゃんの具合が悪いんだって。ちょっときてほしいと言ってるよ」

トメの母がよこした使いのようだ。

トメが住む郡方組屋敷は北山町にあって、その名のとおり城が建つ亀山の北に位置していた。実家は足軽組屋敷で、これは後山町にある。往復しても、小半刻（三十分）とかからぬ距離だった。

母が頻繁にトメを呼ぶのは、その近さのせいであった。

もっともトメには姉がいたが、これは遠くに嫁いでいる。父が勤めに出ると母は一人きりで、病になれば心細さも一入《ひとしお》なのだろう。

使いの礼に穴開き銭一枚を渡し、すぐに行くからと、子供を先に返した。

そろそろ勤めから戻ってくるはずの夫に短信をしたため、とるものもとりあえず、外に出た。出てから、戸締まりをどうしようかと迷った。

いつも戻ってくる時間まで、もう半刻（一時間）もないだろう。錠前をかけることもなかろうと、トメは思った。夫の八十右衛門は、勤めに出るとき鍵を持っていかない。

2

母の熱は高かったが、緊急を要するほどでもない。実家で夕餉の支度を終えたころ、父も戻ってきた。父に後事を託して、トメは急いで北山町の家に戻った。

来月の五日が夏至である。六ツ（午後六時）はとうに過ぎていたが、周囲はまだ明るい。帰って、すぐに夕飯の準備にかからねばならなかった。

夫の松原八十右衛門は郡方で、山方小物成役を務めている。ときには遠く領地の山村へ出張して、十日以上も戻らないことがあったが、そういう日はめったにない。三日に二日は郡代役所に出仕して、一日の大半を帳面付けに費やしている。

二日いって、一日が休みというのが役所の勤務体制で、早出組は、朝五ツ（午前八時）から七ツ（午後四時）まで、遅出組が朝五ツ半（午前九時）から七ツまでとなっているから、家に戻る時間もほぼ決まっていた。

組屋敷は、夕闇のなかに小暗く静まりかえっている。夫はまだ戻っていなかった。行燈に灯を入れて、トメは異変に気づいた。

この組屋敷は長屋形式で、それぞれ土間に玄関に台所、あとは八畳の座敷と六畳の納戸からなっている。

出かける前、八畳の座敷にトメは仕上げたばかりの綿入れ小袖を、まだ畳みもせず、広げたままに置いていた。

その小袖がない。針箱だけが、ぽつんと残されている。

あるいは勘ちがいして、そうとは気づかぬままにしまい込んだかと思い直し、納戸の長持ちも開いてみたが、やはりない。広くもない家の中を、あちこち探してまわったが、小袖はどこにもなかった。

(さては……)

盗人に入られたらしいと、トメの胸はにわかに高鳴った。

動転する気持ちをむりやり落ち着かせて、さて他にも盗まれたものはないか、と調べにかかった。現金も、米も無事である。他になくなっている衣類もなさそうだ。

ふと紡車《つむぐるま》もなくなっているのに気づいた。大野の特産品である真綿を、紡車で撚《よ》って糸にするのが、トメの内職であった。

結局のところ、盗まれたのは小袖一枚と紡車だけらしい。

トメは隣家に走った。夫と同役の中村小八の家である。出てきた内儀に、不審な人物や物音を聞かなかったかと尋ねた。

「いえ。特段には……。いかがなされましたか」

中村の内儀は万という名で、二十六歳のトメより十ほど年かさだが、ひどくおっとりした人だった。

「実は……」

口早にトメが一件を話すと、

「まあ、それは大変……」

万は目を丸くして、うちの者にも聞いてまいりましょう、と奥へ入った。

やがて当主の小八と、子息の文左も出てきた。文左には弟がいたそうだが、トメが松原八十右衛門のところに嫁ぐ前に亡くなったと聞いている。だから、一人息子であった。

「拙者が戻ったは、小半刻ばかり前だが、特に怪しい人影は見なかった。文左、おまえはどうじゃ」

父に聞かれて、文左が答えた。

「道場から戻ったのが、八ツ半（午後三時）過ぎでしたゆえ」

トメが家を空けたのは、七ツ（午後四時）過ぎからである。

「その後、裏庭には出ましたが、これといって怪しいことには気づきませんでした」

と文左が言う。

「あのう。主人はきょう……」

トメは、夫と同役の小八に尋ねた。

「おや、まだ、戻っておられぬのか」

小八は、驚いたような声を出し、

「いや。お役所では、いつもと同じでござったが……。では、どこぞに立ち寄られたのであろう。すると、お届けはまだでござるか」

「はい。このような場合、やはりお目付さまに……」

「まずは小頭どのじゃ。そこから組目付へと届けが上がる。よし、八十右衛門殿が留守とあれば、拙者が同道いたそう。報告の手前、もう少し詳しくお聞きいたそうか」

こうして泥棒騒ぎは、届け出られることになった。

3

そのころ、大野藩江戸上屋敷においても、新たな動きがあった。

昨年の師走二十五日、左門から富明《とみあきら》と呼び名を変えた松平富明は、朝廷より従五位下に叙されて、若狭守と称した。

さらにその名を変えて、のちには松平直明《なおあきら》となるのだが、これはまだ先のことである。

さて年が明けて十五歳となった松平若狭守富明に、突如として縁談が起こった。

武家の場合、十三歳になれば結婚は許可される。なぜ、そんなに早かったかというと、この時代が、まだ戦国の時代を引きずっていたからだ。

戦国の武士となると、いつ戦場に出て死んでしまうかもしれない。それで血筋が途絶えては大変だから、早くに結婚させて子供を作っておこうという発想である。

では、誰とでも結婚できるかというと、これがむずかしい。身分や財力が不釣り合いではいけないし、他にもなにやかやの制約がある。なにより婚姻は許可制で、恋愛結婚などというのは、ほとんどの場合、実現は不可能である。

普通の武士でさえそうなのだから、大名となると、もっとややこしい。

大名同士が縁戚となって、徒党を組みはせぬか。あるいは公家の娘をもらって、朝廷に近づきはせぬか。

幕府は幕府で、そのような警戒をしているから、なお、むずかしい。

その結果、大名の縁談の場合、双方が心やすい旗本を通して、まず年功の老中にお伺いを立てる。そうすると老中から大目付に、家格やら、なにやらを子細に調べるように命令が下る。

特に問題が発見されなければ、協議の末、月番老中から「御用の儀、これある間、明何日何刻に登城すべし」との切紙が双方へ送られる。

それを受けとると、直ちにいずれからもお請けの使者を出し、あらためて指定の日時に双方の大名が登城する。すると老中から「願いのとおり縁談仰せ付けらるる」と沙汰があって、その後もいろいろ、実に煩瑣な手続きを踏まねばならなかった。

ところが松平富明の場合、事情が少しちがった。

先ほどのを「願い出の婚姻」とすると、もうひとつ、「仰《おお》せ出されの婚姻」というのがあった。

これは三代将軍のころ、春日局が編みだした結婚管理法で、諸大名の娘を柳営に呼びだし、誰誰の娘は誰誰のところへ、といったふうに、命令されてする婚姻であった。だから、唐突でもある。

まだ十五歳の富明に、この「仰せ出されの婚姻」が舞い込んで、芝愛宕下、円福寺・宝珠院門前にある大野藩上屋敷は、上を下への大騒ぎになっていた。

縁談の相手は、仙姫といって、昔は若年寄まで勤めた、故酒井忠朝という人の妻の妹の娘で、十三歳であった。

「どうも、ややこしいな。つまりは酒井忠朝という元若年寄の、義理の姪ということになるのか」

江戸にきて三年目の伊波利三は、首をひねった。

「確かに少しややこしい。で、村越さまから詳しい話を聞いてきたぞ」

言ったのは、丹生新吾である。

伊波も丹生も昨年に揃って元服して、今では十七歳になっていた。成人になったことを示す元服の儀式は、十一歳から十七歳くらいの間におこなわれることが多いが、特に幾つで、と定められているものではない。極端ではあるが、前髪姿の児小姓でいたいため、還暦を迎えるまで元服をしなかった例すらある。

ともあれ元服をすませ前髪を落とした伊波と丹生の両人は、顔つきも身体つきもしっかりとおとなの構えができて、ともに凛凛《りり》しい青年武士になっていた。その丹生が言った村越とは上屋敷の用人で、奏者の係を受け持っている。

「村越さまが言うには、仙姫というは、二年前に安房《あわ》にて、一万石の安房勝山藩を立藩された、酒井忠国公の従妹にあたるそうだ。その忠国公の父君が、酒井忠朝だということらしい」

「なに、一万石の新藩で、それも、その従妹だとぉ」

まるで、家格があわぬではないかと、利三は立腹した。利三が仕える富明は、五万石の嫡子である。

「まあ、最後まで聞け」

丹生が笑った。

「この話、どうやら下馬《げば》将軍あたりから出た話のようだ」

「なに、御大老のか」

今をときめく大老の酒井忠清は、江戸城大手門の下馬札近くに屋敷があることから、下馬将軍と呼ばれるほど権勢を誇っている人物だった。

「なるほど、同じ酒井か。さては縁戚の筋で、ごり押しの縁談か」

「おいおい、めったなことを言うな。聞くところによると、元は若年寄だった酒井忠朝というのは、本来ならば、若狭小浜《おばま》藩十二万三千石の藩主となるはずの人だったそうだ」

「おう、そうなのか」

小浜藩なら、大野からも近い。

「確か小浜藩の藩主は、酒井忠直公であらせられたな」

「さよう。その忠直公の兄が、忠朝なのだ。おそろしく有能な人だったらしく、異例の早さで若年寄まで昇りつめたと聞いた」

「そのように優秀な人が、なぜ、藩主になれなかったんだ。廃嫡されたということか」

「うん。廃嫡、追放されて安房に流れたらしい」

「なにをやらかしたんだ」

「いや、それが……」

よくわからんのだ、と丹生は首をかしげた。

「なにしろ、もう二十年ほども昔の話だからな。なんでも、知恵伊豆に関わりがありそうだ、というんだが……」

知恵伊豆というのは、先の老中、松平伊豆守信綱のことだが、この信綱に四年遅れて忠朝は若年寄に昇進した。

「おう。どちらも若年寄か」

伊波にも、なんとなく見えてきたものがある。

「うちの、小泉と乙部のようなもんだな」

一方は敗れて、出雲へと流れていった。

「まあ、そういうことだ。どうやら島原の乱の対応で意見が分かれ、二人は衝突したらしいんだが……」

そのとき知恵伊豆のほうが勝って、松平信綱は老中へ昇進し、敗れた忠朝のほうは御奏者番へと格下げされた。老中となった知恵伊豆は、その後も、さらに忠朝を追い込んだ。

「このまま対立が続けば小浜藩自体が危うくなると、忠朝は泣く泣く廃嫡されて、安房の国に流れた。しかし、その知恵伊豆も、すでに死んだ。そういった事情を知っていた者たちは、みんな、犠牲となった忠朝に同情していたというんだな」

「なるほど、それで下馬将軍が旗振りをして、忠朝の子に新藩を立てさせ、その係累にも余栄《よえい》を与えようという算段か」

「まあ、実は村越さんの受け売りだがな」

丹生が笑った。

そのような因果話を聞けば、伊波も、大いに同情を禁じ得ない。しかし――。

「とは、言ってもなあ」

やはり首をかしげた。

「その、安房勝山藩の姫だというのなら、まだ話もわかるんだが……」

やはり、家格の点が納得いかない。

「相手は、下馬将軍だぞ。そのあたりに抜かりは、あるものか」

「というと……」

「ほら、お隣りの、松平隠岐守さまのな……」

なぜか、丹生は小声になった。

この藩邸の東隣り、薬師小路と松山小路に挟まれたその屋敷は、伊予松山藩十五万石の上屋敷で、一万坪を超える広さは大野藩邸の四倍以上もある。

「仙姫は、いったん、そこの養女となって、そのうえで……という段取りだそうだ」

このところ、いやにお隣りとの行き来が激しいと思ったら、そういうことだったのか、と伊波は思った。

4

久しぶりの朝寝を楽しんだ勘兵衛が、四畳の自室から起き出してくると、機織りをしていた母の梨紗が笑いながら言った。

「目が腐りますよ。早く顔を洗っていらっしゃい」

手伝いをしていた姉の詩織も、

「もう、ほんとうに寝坊なんだから」

と微笑んだ。

詩織は十七になって、弟の勘兵衛から見ても美しい娘になった。いくつかの縁談も舞い込んでいる。そういう勘兵衛も、すでに十五で、背丈もぐんと伸びていた。

「藤次郎はどうしました」

「もう、とっくに、遊びに出かけましたよ」

「はあ、そうですか。いや、よく遊ぶやつだ」

「そなたも、負けてはいませんよ」

しっかり母に言われてしまった。

今年から勘兵衛は家塾の松組に上がり、弟の藤次郎も竹組に進んでいる。

その家塾が、きょうは休みだった。端午の節句で遊日なのだ。午後の道場もまた休みになっている。ちなみにこの日は、夏至にもあたっていた。

手拭い一本をぶら下げて、勘兵衛は裏庭に出た。用水路から引いた水を、御清水《おしょうず》ふうに貯めている場所があって、雨の日以外は、たいがいそこで顔を洗う。いまは梅雨のさなかだが、この日は雲も薄く、雨は落ちてきそうにない。

今年は梅雨入りが四月末と早かった。だが、比較的、小雨であった。もっともこの大野は水に恵まれた土地だから、百姓が困ることはない。

北を見ると、少しは雪を残しているはずの白山の頂きは、やはり雲の中に隠れていた。四方を山に囲まれた盆地平野の、北にずっと続く中野村の田畑に、人影はまばらにしか見えない。

いつもなら、もっと多くの百姓が出ているのだが、端午の節句に百姓たちが休むのは、例年のことだった。

この時期の百姓は、特に忙しい。雪解けとともに肥出《こえだ》しや肥撒《ま》きがはじまり、四月に入ると畦《あぜ》を切りだし、田起《たお》こしをして、水が漏れないように畦塗りをする。それから、田ごしらえだ。ほかにも菜種刈りやら、山草刈りなどの山仕事もあった。

まだ田植えという大仕事が残っているが、その前に、この日一日を休んで、英気を養おうというのが趣旨だ。

顔を洗い、口をすすいで家に戻ると、ちゃぶ台の上には、粽《ちまき》が六本置かれていた。きのう、母と姉とで作ったものだ。

朝寝して空腹だった勘兵衛は、六本ぜんぶを食べ尽くして、母をあきれさせた。

「冷や飯なら残っていますから、茶漬けでもしますか」

「お願いします」

菜の漬けもので茶漬けをかき込んでいると、中村文左がやってきた。

「なんだ。いまごろ飯を食ってるのか」

「ああ、少し、朝寝をしてな」

「のんきなやつだな。一番下町あたりは、もう賑わっているらしいぞ」

大野の城下町は、東西の通りが北から、石灯籠通り、八間町通り、七間町通り、六間町通り、横町通りと名づけられていて、七間町通りより南を上町、北を下町と呼んでいる。これは町の水路が南から北へ流れるため、上流のほうを上町としたためである。

「ふうん、そうか」

すぐにも出かけたいのはやまやまだが、まだ起き抜けということもあって、母に言いだしにくいな、と遠慮があった。

「それにな……。話したいこともあるんだ」

言う文左が、なにやら高揚している様子なのに気づいた。勘兵衛には、思い当たることがあった。

「ちょっと、出かけてこようと思います」

茶漬けの残りを急いで掻きこみ、小刀だけを腰に差して出かけようとしたら、母が声をかけてきた。

「お昼には戻ってくるんでしょうね」

「あ、はあ……」

「きょうは、弁当の用意はしてませんからね」

水落町から家塾、そして坂巻道場という日常の道程は、昼食をとるため家まで戻ってくると、ずいぶん遠まわりになる。そこでいつもなら、にぎりめしの弁当を持って出るのだが、きょうはいずれも休みで、余分の飯は炊いていないらしい。

端午の節句だから、城下は賑わっていよう。屋台なども出ているにちがいない。そこへ友人と出かけるとなると、昼には戻る、とは言いきれなかった。

「仕方がないわね。変なものを買い食いしてはいけませんよ」

母は、五文を握らせてくれた。

「例の件、なにか進展があったのか」

文左と二人肩を並べ、早くも赤い花をつけはじめた夾竹桃の垣根まで行き着かぬうちに、勘兵衛は尋いた。

半月ほど前になるが、文左の隣りの家に泥棒が入ったという。

そこで、文左の父も同行して小頭に届け、小頭から組目付に届けられた。すべてが上へ上へと順繰りに届けられるのが、役人の世界の定法である。決して頭越しは許されない。

で、大目付まで上がって、徒目付《かちめつけ》が探索をはじめたというところまでは、話を聞いていた。

町家の泥棒なら町奉行の管轄だが、被害にあったのが武士の家だから、徒目付が動く。徒目付は大目付に命じられて、城内番所の警護や探索、評定所、牢獄などにも出役する役目だ。

「あった、あった」

なにか進展があったかという勘兵衛の問いに、なぜか文左は嬉しそうに言い、

「実はな、きのう犯人が、とっつかまった」

「おう、そうなのか。で、いったい、どいつだ。知ってるやつか」

「いや。俺は知らん。でも親父は知っているという。それがな……」

郡代官の、大賀源三というのを知っているか、と文左が聞いてきた。

「知らんな。我が親父は、村上さまという組頭の配下だが」

なにしろ広い領地を治めるのだから、郡方には、郡奉行が二人いた。郡代官となると六人で、ほかにも出張所を作って預り所代官というのもいる。

「そうか。いや大賀という郡代のところに、久蔵という中間《ちゅうげん》がいるのだが、それが盗人と知れたのだ」

「ほう、なぜ、わかったんだろう」

「徒目付が、城下の質屋や古着屋、古手屋なんかを一軒一軒あたったんだ。盗まれたのは小袖と、紡車だったそうだが、小袖に少し特徴があってな……」

京の剣術家であった吉岡憲法が編み出したことから、憲法染めと呼ばれるその染め色は、黒に近い茶の発色に特徴があった。

「そういうわけで、横町の古着屋で、その小袖が見つかった。そこから久蔵が割れたんだ。紡車のほうは、久蔵の母親のところで見つかった」

「なんと、まあ、馬鹿な話だなあ」

一番下町への道すがら、勘兵衛と文左は、そんな会話を交わしながら歩いた。

だが、この件、これだけでは終わらなかった。

5

この年の半夏生《はんげしょう》は五月十五日で、大野弁では、これを「はげっしゅ」と呼ぶ。はげっしゅは、勘兵衛が楽しみにしている日であった。

半夏生は夏至から数えて十一日目、その日は毒気が降ってくるといって、いっさいの野菜を食べない。また竹節虫が生じるときだといって、タケノコも食べない。

ではなにを食べるかというと、この日は、焼き鯖を食べるならわしだった。それも、一人で一本まるまる食べる。食膳に魚が出ることは珍しいことで、脂ののった焼き鯖は、実に美味であった。

越前海岸の四ヶ浦というところに大野藩の飛び地があって、この日のために、一本一本を串に刺し、炭火でじっくり焼いたものを藁苞《わらづと》に包んだものが大量に送られてきた。

その藁苞が、食卓に五本も並んだ。

勘兵衛も藤次郎も、藁を剝ぐのももどかしく、白い身をはじけさせ、いかにもうまそうな焼き色のついた鯖を、両の手で串をつかんでかぶりついた。芳醇な味覚が口じゆうに広がった。

「存分に食え」

父の孫兵衛は、倅《せがれ》たちのそんな様子を慈愛に満ちた目で眺め、

「だが、言っておくぞ」

いつものように、一言をつけ加えた。

「武士とは、食うために働くのではない。働くために食うのじゃ。そこのところを忘れてはいかん」

食事時、武士の心得を言いだすのは、父の日課のようなものであった。

士は名節を重んじ、廉恥を尊び、義理を篤《あつ》くし、世道人心を維持するものである、などは、もう耳にタコができていた。しかし勘兵衛は、この、武士は食うために働くのではない、という父のことばが気に入っていた。将来、それを自分の座右《ざゆう》の銘にしようと思っている。

その夕、孫兵衛は焼き鯖を肴に、珍しく家で酒を飲んだ。

にぎやかな晩餐が終わりかけたころ、再び孫兵衛が、話をはじめた。

「実は先ごろ、郡方組屋敷で泥棒騒ぎがあってな」

ああ、あの話かと思ったが、勘兵衛は黙って聞いた。他の家族たちには初耳だった

のか、「まあ」とか「物騒だこと」などと声が行き交う。

父の話は、徒目付が活躍して犯人を捕らえたが、それが郡代官の中間だったと続く。

「調べを進めると、その久蔵という男、母者の扶助がたいへんで、つい魔が差したと言うたらしいが、なぜに松原八十右衛門宅に忍び込んだのだと問われて、実は、松原宅には使いで行ったところ、玄関は開いているのに、留守だった。そこで悪心が出たと言うたらしいが、さあ、そこからがたいへんじゃ」

いつになく、孫兵衛は雄弁だった。

「ところが郡代官の大賀さまに問い合わせると、大賀さまでは、久蔵を松原のところへ使いに出した覚えはないと言う。そこで、さらに久蔵を追及すると、大賀さまのところの下女と、松原が以前よりわりない仲になっており、互いの連絡の仲立ちを久蔵がとっていたとわかってな」

「まあ、それじゃ、不義ではありませぬか」

梨紗が、口に手を当てた。

たとえ年季奉公の下女であっても、武家に雇われている以上は、武士階級とみなされる。まして片やは、小役人といえど立派な武士で、おまけに妻までいるとなると、ただですむはずがなかった。

「うむ。まこととすれば、たいへんなことじゃ。評定所では、松原と下女の両方を呼んで、きょうあたり真偽を確かめているはずだが、さて、どうなることぞ」

と、嘆息をひとつつき、

「おまえたちも、十分に身を慎むように」

忘れずに説教もたれた。

きょうの半夏生は休日で、勘兵衛は文左と会っていない。話の松原なにがしは、文左の隣家である。文左なら、もっと詳しい話を知っているかもしれない、と勘兵衛は考えていた。

まさか、この事件がのちに思わぬ巡り合わせとなって、文左の一家にも、勘兵衛自身の一家にも、まがまがしい影を落としてこようなどとは、露知らぬのであった。

不倫の余波

1

人生、なにが災いとなるかわからない。

泥棒に入られたことがきっかけで、不倫が明るみに出た郡方の松原八十右衛門は、俸禄召し上げのうえで領外追放となった。不倫相手だった下女が、まだ独り身だったことが幸いして、比較的軽い罪ですんでいる。

未婚の者同士の男女関係さえ不義と扱われ、恋文、艶書のたぐいも、厳罰が下されるのが常だったから、命が助かっただけでも幸運かもしれない。妻女のトメは離縁して、実家に戻っている。

下女は、三十日の入牢のうえで、在所の村預かりとなり、不倫の仲立ちばかりでなく、盗みまでした中間の久蔵は、本来なら打ち首獄門のところ、罪一等を減じられて、百日入牢ののち、額に墨を入れられたうえで領内永代追放と決まっている。

　また、盗みをはたらいた中間と、松原と密通をしていた下女の両人を雇っていた郡代官の大賀源三も、屋敷内監督不行届の廉《かど》で、屹度《きっと》御叱り、となって、二十日間の遠慮という処罰を受けた。

　遠慮というのは、武家が受ける刑罰のなかではもっとも軽いもので、謹慎をあらわすために表門を閉じておく、というだけのことだ。表門は閉じても、耳門《じもん》（潜り戸）からの出入りは自由な、あくまで形式的な罰である。

　すでに、その遠慮も解け、いつしか梅雨も明けた。そして、わんわんとうるさかった油蟬に代わって、蜩《ひぐらし》が鳴きはじめ、その声もまばらになったころ――。

（まだまだ暑いわい）

　郡代役所の執務室で、中村小八は文机に向かっていた。

（それにしても、読みにくい字じゃ）

　机に広げた書類に眉をひそめる。

　それから、いや、どうにもつまらぬことになったものだ……と、また思う。

　こうして小八が、くさっているのは、隣家の松原八十右衛門が、思いもかけなかった罪を得て、お役ご免になったとばっちりのせいだった。

半月ほど前のことである。

――中村うじ、そなた、以前は確か、箱ヶ瀬村の担当であったな。

声をかけてきたのは、山役小頭の向井新六郎だった。上司である。

――はあ。といっても、もう七年以上も前のことでありますが……

小八がいやな予感を覚えたのは、領外追放となった松原が、その村の担当だったからだ。果たして向井は、

――うん。やはり、おぬししかおらぬ。あの村は、我が藩にとって要《かなめ》の村ぞ。事情にうとい者には、まかせられぬ。

ということになって、小八は再び、箱ヶ瀬村を押しつけられてしまった。

小頭が、箱ヶ瀬村が大事というのは、その村の支村に持穴《もちあな》村というのがあって、そこで銅がとれるからである。だが、この銅の小物成（課税）というのがくせ者であった。

なにしろ相手は山師である。なまなかなことでは、正確な登高《のぼりだか》（出来高）がつかめない。なにより銅の製錬技術というのは日進月歩で、吹き方ひとつで銅の純度が変わる。単に重さだけでは比較できないところがある。

それだけではない。銅を吹けば、副産物として銀がとれる。この銀の算出がまた頭を悩ませる。山師の家では、娘を嫁にやるときには、その銀で箸《はし》を打って持たせてやるというくらいだから、推して知るべしだ。

大きくごまかされないためには、細心の注意を必要とするし、専門知識も必要だった。とても気骨の折れる仕事なのだ。

その仕事を松原に引き継ぐにあたっては、およそ半年間をかけて、細細《こまごま》と教えた。その松原が、突然、追放になってしまったのだ。

となれば、やはり自分しかいない、と覚悟はつけたものの、どうしても弱音が顔を出す。

この七年がとこ、小八が受け持っていたのは蠟・漆役で、こちらはすこぶる気楽なものだった。必要があって出張っていくのにも、近間《ちかま》ですんだ。

そういった楽な仕事に慣れ親しんだあとでは、箱ヶ瀬村は、いかにもきつい。おまけに、この二ヶ月ばかり関連書類がたまりにたまっていたから、やってもやっても追っつかない。

（それに……）

箱ヶ瀬を担当するとなると、やはり年に一度や二度は、現地へ出張る必要があった。

これが遠い。十里やそこらではきかない距離だった。

この城下からは、若生子《わかご》越えで行く。

美濃の郡上《ぐじょう》のほうから見れば越前街道だが、大野から見れば美濃街道を通っていく。

若生子村は大野城下を南西に四里ばかり行った山中の村で、荒島岳の斜面にあった。

そこから三坂峠を越えて大納というところまで行き、山道を二里ばかり歩いて影路という土地に出る。このあたりから九頭龍川に沿った道で、野尻、大谷と過ぎて、ようやく箱ヶ瀬村に着く。

銅山のある持穴村へは、ここから南へ、さらに山深く分け入らねばならなかった。

面谷川に沿って、山道を登ること、およそ一刻、ようやく平家の落人が住みついたといわれる持穴村だが、面谷銅山は、そこからまた一刻ほど山を登ったところにある。

考えただけでも、気が遠くなりそうなくらい遠い鉱山なのだ。

(それにしても、読めん字だ)

残暑のせいだけではなく、小八は苛立っていた。

面谷銅山には、六十三戸と代代定められた戸数があって、そのうちの九戸が山師であった。山師の屋敷には、それぞれ吹き屋が設けられていて、各各が銅の登高を報告してくる。

小八が広げているのは、その内の一吹屋の報告書であった。

2

二百十日も無事に過ぎ、彼岸に入るといよいよ稲刈りがはじまる。そろそろ山には紅葉が萌え出ようとしていた。

そのころ、中村小八は小さな疑問を抱いた。

面谷銅山の銅登高を集計した結果、思ったほどの量ではない。いや、心づもりより、ずっと少ない。

もっとも七年以上も昔の記憶だから、はっきりそうだとは言い切れぬが、当時は月に五千斤は下らなかったはずだ。それが三千斤そこそこ、月によっては三千斤を大きく切ることもある。

（あるいは……）

と小八は考えた。

数年前のことだが、鉱山から出る鉱毒で田畑の収穫が減った、という噂を聞いたことがある。銅山からの排水は、面谷川を伝って下流の持穴村を、あるいはさらに九頭龍川に混じって他の村村へと波及することは考えられた。

そのようなことで、稼働を制限しているのかもしれない。

だが、すでに担当をはずれて長い小八には、そのあたりの情報がなかった。

(とにかくは……)

ここ数年の数字を確かめてみようと、小八は考えた。そこで、勘定役の部屋を訪れた。

山方小物成役でまとめた書類は、山方勘定役にまわされる。だから、年を遡って書類を見ようと思えば、勘定役に頼むしかない。

「ああ、あなたが中村小八殿でござるか」

勘定役の役室で用向きを告げると、小頭の落合孫兵衛が出てきて言った。

「うちの倅が、いつもご子息に厚誼《こうぎ》を結んでいただいているようで、かたじけないことでござる」

「いやいやとんでもござらぬ。こちらこそ倅の文左が、ときおりお宅にまで、お邪魔をしているようで。それに先日は、お内儀のけんけら菓子まで土産に頂戴いたしたそうな。お礼が遅くなり申し訳ござらぬ」

「え、あのようなものを……か。いや、それは知らなんだ。かえって失礼をした」

互いに顔は見知っていたが、勘兵衛の父と文左の父が、こうして話を交わすのははじめてのことだったから、互いの挨拶が先行した。

「それで。面谷銅山の小物成帳が、ご必要とか」

「はあ、できますれば、昨年までの三年分ほどをお借りしたいのですが」

「なにか、ござったか」

「いや、たいしたことではござらぬのだが、つい近ごろから、拙者の担当となりましたゆえ、前任者の記録にも目を通しておきたいと思いましただけのこと」

「それは、仕事熱心なことでござる」

謹厳実直を顔に貼りつけたような落合孫兵衛が、頬に笑いを刻んだ。

3

勘兵衛の父が、文左の父と話を交わしているころ、勘兵衛は、坂巻道場で、守屋新兵衛から、はじめて一本を奪《と》った。

「おい、落合、近ごろ腕を上げたそうじゃないか。ひとつもんでやろうか」

久しぶりに顔を見せた守屋新兵衛が、勘兵衛に声をかけてきたのは、道場での稽古が、すべて終わったあとだった。坂巻道場では、こういった一対一の試合稽古を許している。

「お願いします」

若い門弟をいたぶる癖《へき》のある守屋を、皆はできるだけ避けていたが、守屋の口調には有無を言わさない響きがあって、勘兵衛は迷うことなく答えた。

守屋は、御蔵役の家の三男坊で、二十五歳である。部屋住みが長く、どこか世をすねているようなところがあって、近ごろはあまり道場に顔を出さなくなった。だが剣術の腕前は確かで、坂巻道場では席次が五位に入っている。

立ち会いは、席次三位の榊田十兵衛が勤めてくれた。

試合をはじめてすぐに、新兵衛の得意技の胴を、びしりと決められた。

頑丈な体つきの守屋は膂力も強く、しなるように襲ってきた竹刀をまともに脇腹に受けて、勘兵衛は息がつまった。だが、すぐに立ち上がった。

年齢の割には骨太で、大柄な勘兵衛の身体全体に、力がみなぎった。

二本目は、青眼の構えから、四間ほどの距離を一気に詰めて、勘兵衛は胸板への突きを仕掛けた。それを守屋が身体をひねるだけでかわし、逆に肩を打ってきたのを、勘兵衛は竹刀で受けた。間髪を入れない連続技で、守屋が籠手を取りにきた。それを勘兵衛は下がって逃げずに、逆に勢いよく踏み込んでいった。次の瞬間、竹刀はきれいに守屋の面を打っていた。

「一本！」

道場に、榊田の声が響いた。見物から、どよめきが起こった。

面を打たれて、守屋はうずくまった。

竹刀稽古では、手を保護するための手袋と、なめした狸皮に真綿を入れた鉢巻を用いる。その鉢巻を通しても、思わず立ちくらみするほどの打撃だったようだ。

三本目は、守屋の形相が変わっていた。

力押しの激しい攻撃に、じりじりと勘兵衛は後退を余儀なくされ、まもなく羽目板に追いつめられそうになって、小さく身体の向きを変えた。その一瞬の隙を見逃すことなく、竹刀が上段から落ちてきた。

それを勘兵衛は竹刀で受けたが、受け方が悪かったせいか、いやな音を立てて竹刀が折れた。守屋の竹刀は、そのへし折れた勘兵衛の竹刀を押し切るように面に届いた。

「参った」

勘兵衛は、そう叫んだのだが、守屋はもう一度同じところに打ち込んできた。折れた竹刀で防いだが、今度は目から火が飛び出そうな衝撃がきた。

「おい、守屋!」

鋭く、榊田の怒声が飛んだ。

「いや、すまぬ。止めようとして、止まらなかった」

守屋は、そう言い訳をしたが、まだ十五歳の勘兵衛に、思わぬ一本を喫して、怒りにまかせた第二撃だったと、勘兵衛は思った。

(一本、とってやったぞ!)

ささらとなった竹刀でこすったか、打たれた額からは血が滲んでいた。勘兵衛は、だが、すがすがしいほどに歓びを感じていた。

4

「痛みはせぬか」

道場からの帰り道、中村文左が気遣うように、勘兵衛を見上げて言った。小太りの文左の背丈は、勘兵衛の肩くらいまでしかない。

「なに、どうということはない」

「それにしても、すかっとしたな」

なかなか腕が上がらず、守屋からいたぶられることの多い文左は、嬉しそうだった。

「いや、見事だったぞ」

塩川七之丞も言った。

最近、急に背丈の伸びた塩川も、若手のうちでは筋がいいと言われ、今では勘兵衛の好敵手となっている。この新年の席次発表では、勘兵衛が十六位、塩川が十八位と、ぴったり勘兵衛についてくる。

「それはそうと、きのう伊波さんから手紙がきた」

「俺のところには、きていないぜ」

七之丞が言ったのは、姉が伊波家の総領に嫁いでいて、利三とは縁戚関係にあたるからだろう。

「まあ、いい、利三さんは元気か」

「ああ、元気そうだ。それより、若殿の縁組みが決まったと書いてきたぞ」

「なに」

七之丞は、驚いたような声を出した。

「若君は、俺たちと同じ年だろう。ずいぶんと早いな。もう元服はすませたのか」

「いや、とりあえずは縁組みをするだけらしい。師走あたりだと書いてあった。元服を終えたのち、正式の夫婦となるそうだ」

勘兵衛の説明に、七之丞と文左の二人は「ふーん」と、ひとしきりうなった。

「で、相手は、どこのお姫《ひい》様だ」

と、七之丞。

「いや、そこまでは書かれていなかった」

「そうなのか。いや、俺もぐずぐずはしておれんな」

「なんだ。もう嫁がほしいのか」

「馬鹿を言うな。俺は次男坊だぞ。嫁などとれるものか。そろそろ婿入り先を探しておかねばならん、ということだ。でないと、守屋みたいになるかもしれんからな。おい、どこぞに娘ばかりの家はないか」

七之丞の言うことは、どこまでが本気で、どこからが冗談なのか、ちょっとわからぬところがある。

「で、ほかには？」

「いや、それくらいのものだ。そうそう、山王祭の見物に、永田馬場まで出かけたと書いてあったな。五十七輛もの山車に、肩御輿の屋台台、傘を差しかけて歩きながら踊る地走りなどなど、こちらとは比べものにならない、そりゃあ賑やかな祭りだというぞ」

　すると文左が、鼻をうごめかしながら言った。

「そりゃ、そうだろう。日吉山王権現宮というと、将軍家の産土神《うぶすな》だからな。特に山王の獅子頭なんぞ、三代家光公の反古《ほご》で作られたというから、見る者は皆、土下座しなけりゃならんらしい」

　それはたいそうなことだ、と皆で笑いあう。

　そのあと、七之丞が、ふいに真剣な顔になって、

「いや、特段のことが書かれていないのなら、それでいいのだが……」

　意味深げなことを言った。

「どうした。伊波さんに、なにかあったのか」

「いや、なにがどうということはないのだが、つい先日、姉上が、ちょっと気になることを口にしたものだからな」

「…………」

　七之丞の言う姉上とは、伊波利三の兄に嫁いだ女《ひと》のことをいうのだろう、と勘兵衛は思った。つまり、自分のところには入らぬ情報も、伊波の家には入っている、ということか……。

「いや、単なる姉上の心配に過ぎんのだ」

たぶん勘兵衛が、真剣な表情をしたのだろう。七之丞は、そんなことを言った。

「心配、というと……。どのようなたぐいのことなんだ」

「別に、利三さんが、なにかをしでかしたわけじゃない。ただ、ちょっと、ほれ、あのとおりの美男子だからな。あまりに、もてすぎるということだ」

「………」

「利三さんを見初めて、熱を上げた江戸の町娘が、ときおり付け文をしたりするらしい。それだけではなくて、若侍のなかにも、懸想する者がいるんだそうだ。そんな噂が入ってきて、そのことで利三さんが、身を誤りはせぬか、と姉上は心配していなさるのだ。つい、この間も、文左の隣家で不義騒ぎがあったばかりだからな。なに、取り越し苦労だよ」

「ふむ。そうなると、もてすぎるというのも、考えものだなあ」

文左がのんきな感想を漏らしたが、勘兵衛は、少しばかり気になった。

「それは、そうとな」

七之丞が、早くも話題を変えてきた。

「来月の一日から、おくまのさんの前道で、人形舞わしの一座の興行があることは知っているか」

おくまのさん、とは、寺町通りをずっと南に下ったところにある熊野神社のことだ。付近を熊野町と呼び、神社の正面の通りを熊野前道と呼んでいた。民家と少数の商家があったが、畑地が多く残るところだった。

文左が、答えた。

「あそこの畑で、小屋を造りはじめているが、そこでやるんだろう。十五日間の興行と聞いたぞ」

「おお、それだ。どうだ、一緒に行かんか」

この大野で、興行などはめったにない。ずっと以前に、町はずれの篠座社境内で曲馬興行があったと聞くが、それ以来のことではないか。

(しかしなあ)

武士の子が、そういったところに出入りしてもよいものだろうか——

勘兵衛が、そう考えていると、

「いや、金はいらんのだ。実は、配り札を少少もらってな」

興行の願いは、町年寄を通じて町奉行に出され、許可される。そういった過程で、無料の券が配られたようだ。目付である七之丞の家にも、それがまわってきたのだろう。

淀の小車

1

急ごしらえの芝居小屋は葦簀《よしず》張りで、お世辞にも立派だとはいえなかった。それでも熊野前道は、興行目当ての客たちで賑わっている。

切落《きりおとし》（一般席）には木戸から入るのだが、配り札のは枡席だそうで、まずは茶屋に入ってのちに案内される。

今回の興行のために、近辺の商家のいくつかが臨時の茶屋にあてられていた。そのうちのひとつ、枡屋で集まろうということになっている。

枡屋というのは餅屋だが、臨時にせよ、茶屋と呼ばれるものに足を踏み入れるのは初めてのことだったから、勘兵衛は少しばかり緊張した。

　本来が餅屋なので、暖簾をくぐって入った土間はだだっ広い。その土間が客であふれていた。見ていると下足番がそれぞれの履き物を預かり、係の女中らしいのが、客を二階の座敷に案内していく。多くは商人やら、その妻女たちらしく思えたが、なかには立派な身なりの武士もいる。

「ふむ……」

　場違いなところへきてしまった、という思いから勘兵衛が立ちつくしていると、

「おい、勘兵衛」

　近くから声がした。声のほうに振り向くと、文左だった。

「やあ、いま着いたのか」

「いや。少し前にきたんだが、どうしたものかと迷っていたんだ。肝心の七之丞はまだらしい」

「そうか。じゃ、どうする。やってくるまで、ここで待つか」

「表で待つのが、いいんじゃないか」

　やはり文左も、気後れしていたらしい。

　二人で再び表へ出て、七之丞がやってくるはずの北のほうを見やっていると、待つほどもなく、七之丞の姿が見えた。

「お、園枝さんも、一緒みたいだぞ」

文左が嬉しそうにはしゃいだ声を出す。

なるほど、七之丞の隣には少女の姿があり、二人から半歩ほど下がって、白髪の供がついてくる。老爺は塩川家の下男で、源吉とかいう名前だった。

園枝は七之丞の妹で、勘兵衛より三つ年下だった。七之丞の屋敷で、何度か顔は見かけていた。

園枝はしなやかそうに細い身体つきだが、ふっくらした顔立ちで色が白かった。きらきらと、強く輝く目が魅力的である。だが、話す機会はなかった。

それが、三ヶ月ほど前に、七之丞に書物を借りに屋敷を訪ねたとき、ふいに園枝が部屋に入ってきたことがあった。そのとき勘兵衛は一人だった。

――無茶の勘兵衛さん？

園枝は、物怖じしない態度で、そう聞いてきた。

――あ、はあ。

いたずらっぽそうに大きく見開いた目に見つめられて、くぐもった声で、たぶん、そんな返事をしたのだと思う。

――でもねえ。近ごろは、あまり無茶をなさらないんじゃなくって。次は、どんなことをなさるのかと、とても楽しみにしておりましたのに。

言われて、勘兵衛は苦笑するしかなかった。

――はい。四年ほど前が最後で、もう、無茶はせぬことに決めております。

――あら。

園枝は首をかしげてから、言った。

――でも、あれは三年前ではなかったかしら。八幡神社の秋祭りの夜、大勢の、それも年上の男《ひと》たちを相手に、喧嘩をなさったんでしょう。

――あ、あれは……。

勘兵衛は絶句した。あの一件は、誰にも知られずにすんだと思っていたのに、どうやら七之丞がしゃべっていたようだ。

やっと、ことばが出た。

――あれは、喧嘩ではありません。それに無茶でもないのです。

――じゃ、そういうことにしておいてもいいんだけれど……。

もう一度首をかしげた園枝の目が、くるりとまわった。

――それじゃ、もう、無茶はなさらないおつもり？

――たぶん……。もう、子供ではありませんから。

――まあ、それじゃ、つまらないじゃありませんか。

こりゃ、困ったことになったな、と勘兵衛は思った。

その一方で、どういうわけか、胸がときめき、顔が火照《ほて》ってこようとするのを、必死にこらえていた。

姉はいるが、そのときまで勘兵衛は、自分より年下の女性と会話を交わしたことがなかったのである。

やがて七之丞が戻ってきて、入れ替わりのように園枝は退散した。

七之丞は、そんな園枝を目で追い、次に勘兵衛を見た。こらえてはいたつもりだが、自分の顔が赤く火照っているのは明らかに思えた。

だが、七之丞はなにも言わなかった。しばらくしてから、

――おきゃん、で困る。

と、一言だけ言った。

その園枝が近づいてくる。

あれから三ヶ月ぶりだったが、園枝の身体が、いささか丸みを帯びてきたように感じる。そんなふうに観察をしている自分に気づき、勘兵衛はおのれを恥じた。

「待たせたかな」

七之丞が言い、つけ加えた。

「すまんな。とんだ付録がついてきた」

だが、付録と呼ばれた園枝は怒るふうでもなく、勘兵衛たちにしおらしく頭を下げた。

鹿《か》の子染めの小袖は華やかだったが、胸高に締めた帯や、ふきわ髷に結った髪に飾り物がないところが、いかにも武家の娘らしくて好ましい。園枝はまだ十二だが、凜とした風格さえ感じられて、勘兵衛にはまぶしく映った。

2

源吉が手慣れた様子で、桝屋の係になにごとか告げ、勘兵衛たち四人が臨時の茶屋に上がるのを見届けてから戻っていった。やがて四人は茶屋の案内で、芝居小屋に入った。

小屋は二間に三間ほどの舞台が南にしつらえられ、土間席より一段高く東西の桟敷と向こう桟敷が設けられていた。勘兵衛たちの席は、花道に近い東桟敷であった。

畳が敷かれた桟敷の枡席に、園枝、七之丞、勘兵衛、文左という順番で入ったが、

いざ座ろうというときに園枝が、

「兄上、お席を替わっていただけませんか」

言いながら、ちらりと隣の枡に目配せをした。そこにはすでに先客がいて、つまみと酒が出されていた。

「うん」

七之丞も、そうと察し、園枝は七之丞と勘兵衛の間に座ることになった。

席が定まると、茶屋からの案内人が、運んできた菓子と茶を置いていった。昼食には幕の内弁当と口肴、午後には鮨と水菓子が届けられるそうだ。

土間の枡席も、桟敷と大きさは変わらぬようだが、一枡の定員が七人で、かなり窮屈そうだ。それに較べれば四人席の桟敷は、まだ余裕がありそうに思えた。

しかし、なにしろ畳にして二畳くらいの広さしかない。そこに盆にのせた菓子や茶が出ている。いやでも肩と肩が触れ、膝と膝とが当たる。

すぐ間近に園枝の体温を感じ、勘兵衛は身体を硬くした。椿油だろう、ほのかな香りも漂ってくる。

「ご存じ、舞台の右側が上手《かみて》、左を下手《しもて》というんですってよ」

さっそく話しかけてきた園枝の、体臭さえ嗅いだ気がした。

「ははあ、すると、こちらが下手がわになるわけですね」

「そう。それからね」

園枝が右手を挙げて、一間ほど先を左右に走る花道の舞台側を指さした。園枝の白い二の腕が見えて、勘兵衛はどぎまぎする。

「ほら、あそこに四角い穴が開いているでしょう」

「ああ、あの舞台の手前ですね」

花道の上に、小暗く開いた四角い穴を認めて、勘兵衛はうなずいた。

「あれは、スッポンというのよ」

「へえ、スッポン」

「そうなの。あそこから人がせり上がってくるんですって。ちょうどスッポンの首みたいにね。それで、スッポン」

「ずいぶんと、くわしいんですね」

言った勘兵衛に、園枝より早く七之丞が答えた。

「昨夜は、あれこれ母上に尋ねて困らせていたからな」

「困らせてなどおりませぬ。これも勉強でございます。之《これ》を知るを之を知ると為《な》し、知らざるを知らずと為せ、是《これ》知れるなり、と申すではありませんか」

「いや、これだからな」

園枝に論語の一節で反論されて、七之丞は苦笑した。勘兵衛は、ちょっと舌を巻いていた。

花道のこちら側、縦長に細い土間のことを「ドブ」という、などと、さらに園枝が説明してくれているうちに、やがて開演の時間となった。

まず口開けには、近ごろ上方で流行しているという流行り歌が、いくつか紹介された。

3

十月を小春と呼ぶが、四囲を高山に囲まれた山峡の城下町では、秋は一足飛びに、あわただしく旅立っていく。いつしか紅葉していた木木も葉を落とし、草枯れた野は病葉《わくらば》が散り敷く褥《しとね》に変わっていた。

勘兵衛の家の生け垣も、夾竹桃の花はすでにない。ただ、葉だけは青青としていた。

庭には、ひょろひょろと高いばかりの柿の木が一本あって、葉をすべて落とした裸木の姿が寒寒しかった。頂きのほうに、カラスが食べ残したらしい柿の実が、ひとつだけ枝にしがみつくように残っている。

その庭で、勘兵衛は藤次郎に手伝わせて、里芋を掘り出していた。今月のうちには大根引きも終わらせておきたい。ぐずぐずしていると、いつ雪が舞い降りてくるかもしれず、かえってつらい作業となる。

やがて、目に映る光景は、霏霏《ひひ》として降り積もる細かな雪に覆われ、菜園も道も、余すところなく白一色の世界に閉ざされてしまう。

「よいな。これからは、おまえと俺で、これらをこなさねばならんのだ。もう、姉上をあてにはできんのだからな」

「はい。わかっております」

勘兵衛と遜色のないほどに、背丈が伸びた藤次郎は、力強く庭の菜園に鍬をふるい、黒土から転がり出てきた里芋を、すばやく拾い集めていた。

姉の、詩織の縁談が決まった。

相手は鷹匠町に屋敷のある、徒小頭の室田貫右衛門という人である。年は二十三で八十石の家というから、年まわりや家格に不足はない。鷹匠町は東の隣町だが、勘兵衛はまだ顔を知らなかった。

いずれにせよ仲立ちをする人がいて、つい先日に、藩庁からのお許しが出た。きのうは、相手方より結納も届けられている。

結納の品は五荷、五種というのが決まりであった。柳樽や金銀の末広に、昆布、するめ、鯛、鮑、海老などの肴五種に添えて、水引で飾られた小袖一重と帯一本が、目録とともに座敷に飾られた。輿入れの日も、今月のうちにと決まっていた。

(姉が嫁ぐ……)

勘兵衛は、なんだか不思議な気がした。

(そして、いつかは……)

俺にも嫁いできてくれる女《ひと》がいるのだろうか、と勘兵衛は思った。

そのとき、ふと、ひとつの顔が勘兵衛の脳裏に浮かんだ。

園枝だった。

姉のことを考えていて、ふいにその面貌が浮かんだのか、それとも菜園の隅の、小さな椿の灌木に、あるかなしかの蕾を見つけたせいだったのか。

あの輿行の日から一ヶ月もたって、園枝が香らせていた、漆黒の髪の椿油の匂いが生生しくよみがえってきて、勘兵衛はあわてた。

――後寺町では、兄は、勘兵衛さまにかなわないんですって。

園枝の言う後寺町とは、坂巻道場のことだった。そして――。

——たのもしいこと。

かぐわしい息とともに言った声の調子、そう言ったときの、濡れ濡れと光った園枝の目の色まで思いだした。

あの狭い枡席で、勘兵衛のすぐ左の隣りに、ぴったりと寄り添うように座っていた園枝の存在が強すぎたせいか、人形舞わしの興行のことは、あまり印象には残っていない。

むしろ幕開き早早の、上方での流行り歌のほうが、よほど記憶に残っていた。

その端唄《はうた》を、勘兵衛は脳裏に思い起こした。

酔うて伏見の千両松
淀の川瀬の小車は
輪廻《りんね》輪廻と世をこめて

(輪廻、輪廻……か)

柿の木の先に、引っかかっているように見える空の雲を、まだ見たこともない淀の水車に見立てて、くるくるまわる幻のような小車を想像した。

「兄上、手を休めてはなりませんぞ」

藤次郎に言われて、勘兵衛は苦笑する。

4

菜園での芋掘りを終えて家に入ると、母と姉が、作ったばかりの草団子をちゃぶ台に載せていた。

座敷の床の間だけでは収まらず、姉の結納の品があふれていて、八畳座敷は、よほど手狭になっている。きょうからは父母の寝所である六畳次の間に、ちゃぶ台が置かれていた。

「ああ、きょうは亥《い》の子《こ》でしたか」

「そうよ。もう手は洗いましたか」

縁談がととのったせいか、姉の詩織が、ひどく大人びた調子で言う。挙措振る舞いや、声音までが、以前とはちがってきた気がする。

きょう十月三日は、十月の最初の亥の日にあたり、それを亥の子と呼んでいる。この日は田の神が帰っていく日と信じられて、農村では田の神を送る行事がある。そして夜には草団子を食べる風習は、農家だけではなく、武家や町家でもおこなわれていた。

そうこうするうちに、父が城勤めから戻ってきた。

その父が、きょうは、すこぶる不機嫌であった。

そのため、一家でとる夕餉が湿っぽいものになった。父の不機嫌のもとがわからず、みんなは、ただ黙黙と草餅を食べた。

詩織の縁談が決まり、きのうまでは、むしろ、いつもより賑やかな食卓であった。

こうして姉がいて、一家が揃って食卓を囲むのも、あとわずかである。

それなのに、むっと押し黙ったままの父に、勘兵衛は、なにか不吉なものさえ感じていた。きっと城で、なにかがあったにちがいない。

だが、父は、なにも言いださなかった。


いま、勘兵衛の部屋は、父母の寝所となっている部屋の隣の六畳間に変わっている。元もとはその部屋が、姉と弟と勘兵衛の三人が寝起きする場所だったのが、十二歳のときに、四畳の納戸部屋に独立した。だが、去年から再び元の六畳の間に部屋替えをして、入れ替わりに姉が納戸部屋へと移った。それは、弟の藤次郎が十二歳になったからである。

夜更けになって、勘兵衛はふと目を覚ました。

「まあ、山路様がでございますか」

隣室より、母の声がした。小さいが、はっきり、そう耳に届いた。

久しく聞かなかった名を耳にして、思わず勘兵衛は耳を澄ました。

山路とは、郡奉行の山路帯刀にまちがいはなかった。息子の亥之助には、昔いたぶられたことがある。

あの清滝社の一件以来、亥之助は、相変わらず侮蔑の視線を勘兵衛に送ってきたが、なにかを仕掛けてくることはなかった。

本来なら父ともども出雲に流れねばならないところ、その母の閨閥で、どうにか首がつながったということは、城下の誰もが知っている。亥之助も、そういった意識があって、以前のようには猛猛しくできないのかもしれぬ。それとも、すでに十九になったから、それなりの分別がついてきたということか。

それはともかく、耳を澄ましたが、父の低い声は聞こえなかった。隣りに寝る藤次郎の鼾もうるさかった。

「で、どのようなお叱りでございましたか」

「たいしたことではない。気にするな」

　今度は、聞こえた。

「気にするな、とおっしゃいましても」

「いつものつまらぬ言いがかりだ。わしさえ我慢すればすむことだ。心配は要らぬ」

　それで父母の会話は終わった。

　きょうの父の不機嫌は、奉行からなにやら叱責を受けたことにあるらしい、と勘兵衛は思った。それも、言いがかりに近いことらしい。

　ふつふつと、言いようのない怒りが湧いてきて、勘兵衛は、その夜、なかなか寝つけなかった。

父の異変

1

雪解けの終わりとともに、春浅い風景の中にも、うらうらとした陽気がひろがりはじめた。いく雲も、ほのかにあたたかな気配に彩られ、あちこちに、ふきのとうが顔を出している。

新しい生命の芽生えを喜ぶように大野盆地では、春に次次と祭礼が続く。

まず二月七日は、大野城下の産土神を祭る清滝社の祭礼である。一年ごとに神輿が繰り出されることになっていて、今年は神輿も出て盛大な祭となった。

三月十八日は黒谷観音堂の、二十一日は篠座社のというふうに祭が続いた。

そんな浮かれたような気分のある夜、落合七兵衛が勘兵衛の家を訪ねてきた。

七兵衛は、落合家の数少ない親戚の一人で、百八十石の物頭の家であった。物頭というのは、御先手頭《おさきて》のことで、弓組、鉄砲組などを率いて、戦《いくさ》のときには先鋒を勤める人たちのことだ。

親戚が少ないのには、わけがある。

落合勘兵衛の家は、祖父の代に越前北ノ庄（福井藩）から現藩主に従ってきた家で、親戚のほとんどは元藩にいる。もう五十年も昔のことだから、ほとんど縁も切れたようなものだった。それで、この大野で落合を名乗る家は、ほかに七兵衛のところだけなのだ。

「前触れもなく、やってきてすまんな。いや、新年以来でござるな」

七兵衛が、父の孫兵衛に挨拶した。

勘兵衛には、昨年の十月、勘兵衛の姉が嫁いだとき以来だったが、父は新年の挨拶をすませていたようだ。

おとな同士の話であろうから、勘兵衛が藤次郎をうながして席を立とうとすると、

「いや、遠慮はいらぬ。きょうの話は勘兵衛がことじゃ」

七兵衛は、ごつい体軀にも似合わぬ柔和な顔をほころばせた。父の孫兵衛より年かさの、そろそろ五十に手が届こうかという年ごろである。

「はあ、倅のことでございますか」

「広瀬栄之進から聞いたのだが、若手のなかでは、群を抜いた腕だそうじゃな」

広瀬栄之進は、坂巻道場の師範代である。

この新年、坂巻道場での勘兵衛の席次は九位に上がった。前年が十六位だったから、すばらしい躍進といえたが、あくまで坂巻道場内でのことであった。

果たして、父も言った。

「確かに励みはいたしておるようですが、それほど、お褒めいただくようなことではござらぬ」

「いやいや」

七兵衛は、首を振った。

「それが、そうともいいきれんのだ。後生畏《こうせいおそ》るべし、と広瀬が言いおった。あの広瀬は、めったにそういうことは言わん男だ」

(広瀬先生が……)

ほんとうにそう言われたのか、と勘兵衛も思った。

師範代の広瀬は、稽古に厳しいし、門人を誉めることも少ない。剣技にしても、まだまだ勘兵衛は、広瀬のはるか足元にも及ばない。

「だから、というわけでもないのだが……」

七兵衛は、ゆったりと笑って、勘兵衛のほうに顔を向けた。

「勘兵衛は今年、たしか十六になりはしなかったか」

「はい」

これには、勘兵衛が答え、また父との会話に戻った。

「それでじゃ。そろそろ元服をしても、おかしくはない年ごろじゃと思うてな」

「それにつきましては、それがしも、そろそろ考えねばと、かねて思っておりました」

「そうじゃろうな。で、なんと言おうか、心づもりのようなものはあるのか」

「いえ。まだ具体的には、なにも。元服となりますと烏帽子親《えぼしおや》を頼まねばなりませんが、どなたかおられましょうか」

「丹生彦左衛門どのあたりは、どうであろうな。おぬしも知らぬわけではないし、なにしろ風伝流の達人じゃ」

「ははあ、あの、丹生どのですか」

父が驚いたような声を出したが、実は、勘兵衛も驚いていた。

名を聞くのは初めてであったが、その人は、伊波利三とともに江戸へ行った、あの丹生新吾の伯父ではないのか。新吾からは、伯父に風伝流の槍術を習ったと聞いたし、また父も、昔はその人と、中山新左衛門の道場で同門だった、と明かしたことがある。

「実は内内にだが、丹生どのには、このことを話してみた」

「ほう。それで……」

「喜んで引き受けると、言っておった」

ということになって、勘兵衛の元服は、遅くとも、この秋までにはすませようということが決まった。段取りいっさいは、落合七兵衛がつけることになり、「まかせておけ」と胸を叩いて、七兵衛は上機嫌で帰っていった。

2

四月になっても、祭りは続いた。

五日には中野村で白山宮の春祭りがあり、十五日は城下の日吉神社で山王祭りがある。そのいずれにも、勘兵衛は弟を連れていった。元服をすれば、これまでのように、弟ともあまり遊んでやれなくなる。そういった気持ちがどこかにあったからだ。

そんななか、久しぶりに伊波利三からの手紙が届いた。

利三が大野を離れたのは、四年前の三月も終わりのころだった。

（もう、そんなになるか）

早いものだ、と勘兵衛は思う。

勘兵衛は、文机の中から、利三が置いていった竹とんぼを取りだし、それから手紙を開いた。

手紙には、利三が、若君近習組の小頭に昇進したことが書かれており、昨年十二月に、若君と松山公酒井備後守の養女仙姫との縁組みが、無事にととのったと、短く書かれ、藩主がここしばらく国帰りできぬのは、そのようなわけだが、近く国に帰られるとも書かれていた。

（なるほどな）

そういえば、藩主の松平直良は在府のまま、この何年か大野に戻ってこない。参勤交代は一年ごとだから、本来なら、これほど長く間が開くことは珍しい。

巷では、藩主が国帰りしてこないのを、もう年のせいだという人もいた。なるほど、今年は六十八歳になったはずである。だが、伊波の手紙から見ると、ご壮健でおられるようだ。

（いや、めでたい）

勘兵衛は、心からそう思った。

昨年には姉が嫁ぎ、新年には道場での席次が上がり、先月には、思いがけなく元服の話も出た。さらには若君の縁組みもととのい、伊波も昇進した。

まさに、順風満帆の心地がする。

ただひとつ、気がかりなことがあった。

それは父の孫兵衛が、このところ、十日に一度か二度の割合で、日によっては続けて帰宅が遅くなることである。それも四ツ（午後十時）や四ツ半（午後十一時）ならまだ早いほうで、ときには九ツ半（午前一時）を過ぎるときもあった。そして必ず微《び》醺《くん》を帯びていた。

おそらく、こおろぎ町あたりで飲んで帰ってくるのであろうが、かつてはなかったことであった。

こおろぎ町というのは、三番上町から横町通りにかけての町筋に、軒を連ねている料理屋や居酒屋がある一画のことだ。芸妓や仲居、あるいは酌女たちが、三味線を弾いたり歌を歌ったりで、よい声で夜長を歌うことから、その名がついている。

（あれは、いつからであったか――）

決して酒が弱いわけではないが、父が外で酒を飲んでくる、というのは、めったにあることではなかった。それがこのところ、十日にあげず、なのだ。

昨年の姉の婚礼までは、なかった、と思う。

すると、娘を嫁にやった寂しさから、父は外で酒を飲み出したのであろうか。

（それとも――）

父に女でもできたか、とも思う。

そのような父を、母はどう見ているのだろう。

父の帰りが遅い晩、勘兵衛はひそかに寝床の中で様子をうかがうこともあるのだが、母は、ひっそり父の帰りを待ち、特になにかを問いただしたりはしていないようである。また、父もなにも言い訳をしない。

そんな母がかわいそうだ、という気持ちはあるが、といって子である自分が、父にわけを尋ねることなど許されないことであった。

そして、もうひとつ、勘兵衛には思い当たる記憶があった。

あれは、姉に結納の品が届いた翌日の、亥の子の日、城下がりした父が、ひどく不機嫌だった夜のことだ。

郡奉行の山路から、言いがかりのような叱責を受けたのが、父が不機嫌だった原因のようだった。

それかもしれない、と、どこかで勘兵衛は思っている。父はいまも山路から、いわれのない、しいたげを受けているのであろうか。

3

伊波が手紙に書いてきたとおり、藩主は四月末には国帰りして、心なしか、城下は活気づいているような気がする。城へ届けられる魚菜の荷駄も、確実に増えていた。

五月に入ると領内では一斉に宗門人別改メが始まるが、忙しくなるのは町奉行配下の、寺社町方の役人たちであった。

この日、父は非番で、弟とともに家塾へ出かけようとした勘兵衛に用事を言いつけた。

「八間町に今崎屋という荒物屋があって、そこに源次という手代がいるのだが……」

「はい。源次なら、存じております」

「おう。それなら都合がいい。その源次に、竹箸がずいぶんできておるので、きょうにも取りにきてくれ、と伝えてくれんか」

「はい。わかりました。必ず伝えます」

言って家を出たが、珍しいこともあるものだ、と勘兵衛は思った。

今崎屋は、父が内職にしている竹細工を引き受けてくれる店で、いつも、そこの手代で源次というのがやってくる。年のころが二十代とも、三十代ともつかない、色の黒い男であった。まだ勘兵衛が小さいころには、玩具みたいな竹笛とか、竹製のにょろにょろ蛇などを土産に持ってきてくれた、気のよい男でもあった。

だが、いつもなら、父が作った竹細工を渡して手間賃を受けとるのは母の役目で、父がそのようなことをするのを見たことがなかった。

勘兵衛が、珍しいことだ、と思ったのは、そんなことからであった。

今崎屋は八間町通りのうちでも、五番町通りを越えた東端のほうに位置していたので、そこへまわっていては、家塾に遅刻しそうであった。そこで今崎屋へは、家塾と坂巻道場の間に出向くことにして、とりあえずは、家塾を優先させた。

清水町の家塾を終えて、勘兵衛は五番八間の今崎屋に急いだ。

本願寺にある家塾からだと、一番町、二番町、三番町と、南北のどの筋を通っても今崎屋への距離は変わらない。ふと勘兵衛は三番町通りを通ってみたい衝動に駆られた。その道筋には、近ごろ父が足繁く通っているはずの、こおろぎ町があった。

これまでにも何度か、勘兵衛はそんな心の駒につき動かされそうになったことがある。だがそのたびに、手綱を締めていた。きょうも一筋西の二番町通りまできて、やはり手綱を絞った。

二番町通りを北へ、六間町通り、七間町通りと急ぎ足で横切って、やがて八間町通りとの角に近づいたときである。向こうからやってくる人影に気づいて、

（これは、困った……）

勘兵衛は思った。

その人影は、まぎれもなく、塩川七之丞の妹、園枝である。下女らしい供を連れていた。

いまの勘兵衛は、まだ食いそびれている握り飯の弁当を左手に提げ、右肩には、稽古着を入れた風呂敷包みを竹刀にぶら下げたのを担いでいる。なおのこと、懐には家塾で使う論語の木版刷りを突っ込んでいる、といういでたちであった。

それだけでも充分に見苦しいのに、もう初夏ともいえない市中を急ぎ足できて、汗ばんでもいた。なのに——。

「あら」

めざとく勘兵衛を認めた園枝は、にっこりと笑い、

「まあ、無茶の勘兵衛さまではござりませぬか」

細いが、よく通る声で言った。

「ああ、これは……」

言いかけた勘兵衛を、たぶん勘兵衛よりは年上と思われる園枝の供が、まじまじと見つめてきたあと目を伏せた。うつむいた顔が、明らかに笑いをこらえている。勘兵衛の知らぬ顔であった。

暑熱のせいだけではなく、勘兵衛の頰は熱くなった。

「お久しぶりでございます」

やっとそう言えた。あの人形舞わしの興行から、もう八ヶ月ほどの時日が過ぎている。

「ほんとうに……」

園枝はちょっと睨むような表情をしたと思うと、

「とんと、お見限りではございませんか」

「…………」

えらく下世話なことばを使って、勘兵衛を悩ましくさせた。

（いや、困った……）

そんな勘兵衛を、下女が、もう一度ちらりと目を上げて、再び伏せる。

「どちらへお急ぎでございますか。後寺町とは、方向がちがうようですが……」

「いえ。ちょっと用がありまして。いや……そんなわけで……、では、ごめん」

三十六計逃げるにしかず、とばかり、勘兵衛はぺこりと頭を下げ、そうそうに逃げ出すことにした。もう、脇の下まで、ぐっしょりと汗に濡れている。

すっかり緊張していたはずなのに、八軒町通りとの角を右に曲がってから、ふーっと大きく息を吐くと、

（また、一段と美しくなったようだぞ）

そんなことを思っていた。

4

雑念を振り払おうとしても、ついひょっこり園枝のことが心に浮かぶ。

――とんと、お見限りではございませんか。

そう言ったとき、園枝は確かに睨むような表情になった。

（あれは、どういう意味なんだ）

まるで蜘蛛の糸に絡めとられた小虫のように、気持ちがあがいた。

そんなことから、きょうの坂巻道場での稽古はさんざんだった。

「どうしたというんだ。きょうは、おまえらしくなかったぞ」

道場からの帰り道、七之丞が言った。

「いや、ちょっと気が乗らなかっただけだ」

七之丞との対戦で、きれいに胴を入れられて、脇腹がまだ痛んでいる。

「なにか、心配ごとでもあるのか」

七之丞は、なおも尋ねてきたが、まさか、おまえの妹のせいだ、とも言えず、勘兵衛は話題を変えることにした。

「いや。それより、きょうも文左はこなかったな」

「おう。そうだな。家塾のほうにもきておらん」

「もう、十日ばかりになるんじゃないか。もしかして、病気でもしておるのかな」

すると七之丞が、ちょっと周囲を見まわし、誰もいないのを確かめてから、笑いとばすように言った。

「あいつが、か。毒キノコを食っても、平気なやつだぞ」

「それは、そうだな」

勘兵衛も笑った。

あれは昨年の秋、そう例の人形舞わしの興行から、十日ばかりがたった日のことである。

城下から一里半ばかり南の山中に、黒谷村というところがあって、そこには平城天皇の勅願によって創建された、と伝えられる黒谷観音がある。

そこに安置されている十一面観音は、三十三年に一度、ご開帳されることになっていて、ちょうど昨年が、その年まわりにあたっていた。ご開帳は十日間にわたっておこなわれるという。

で、三人、観音様を拝みにいこう、ということになった。

えっちらおっちら山道をたどっていくと、これがたいへんな賑わいで、無事にご拝観も終わった。さて、その帰り道のことである。

山道を歩いてきたこともあって、三人とも空腹を覚えた。水腹も一時というぞ、と七之丞が言うので、では水でも飲もうと道を外れ、ブナやコナラの広葉樹林を抜けて、黒谷川に下りることにした。この川は、下って清滝川に合流する川だ。

——お、いいものがあるぞ。

言ったのは文左で、指さした先に、キノコが群生していた。

——おう、椎茸じゃないか。

言った七之丞に、いや、これはヒラタケだ、と文左が言い、焼いて食うとうまいんだ、と続けた。

――といって、どうする。火など、どこにもないぞ。

いや、まかせておけ、と文左はブナの木の根方あたりから、枯れ落ちた小枝を拾い集めると、その皮を丁寧に解きほぐし、次に河原に転がっている小石を選んだ。

そんなもので火が点くものかと、勘兵衛は思っていたが、文左が即製の火口《ほくち》の上で、石と石を打ちつけると、これが見事に着火した。それぞれに特技はあるものだ、と勘兵衛は感心した。

こうして三人、狩ってきたキノコを枝に刺し、焚き火であぶって食った。なかなかの美味であった。

だが、そのあとがいけない。

キノコを食って小半刻ばかりがたったころ、勘兵衛と七之丞は、猛烈な腹痛に襲われた。ちょうど深井の春日神社あたりまできていて、目についた農家に飛び込んだが、ひどい下痢と嘔吐が、およそ一刻ばかりも続いた。

その農家の人が言うには、勘兵衛たちが食べたキノコは、椎茸やヒラタケにそっくりだが、カキシメジと呼ばれる毒キノコで、命に別状はないが、食あたりのような症状が出るという。見分け方は、キノコの笠の部分が、多少ねばねばしている点だという。

だが、文左だけは、まるで平気な様子で、苦しむ勘兵衛たちに動転し、いまから城下まで走って、互いの家に知らせてこようという。それを、勘兵衛と七之丞が、顔面を苦痛にゆがませながらも、必死になって止めた。

武士の子が、途中で拾い食いをして、おまけに毒キノコにあたったなどと、誰にも知られたくなかった。

——このことは、天下の秘事ぞ。

七之丞などは、そうまで言って、三人だけの秘密にしようと固く誓わせ、世話になった百姓にも銭を与えて、口止めするのを忘れなかった。

そのときのことを、七之丞は言ったのだ。

「しかし、まあ、こう長く顔を見んと、気にはなるな」

「先月、元服を終えたせいだろうか」

すでに文左は、元服をすませ、前髪を落とした。勘兵衛も間もなく、七之丞も年内には元服すると聞いていた。

「そうかもしれん。だが、家塾にしろ、道場にしろ、やめるならやめるで、一言あるだろう」

「そうだな。よし。きょうにでも、ちょっと様子を見にいってこよう。北山町なら、俺のところのほうが近い」

勘兵衛が言うと、「うん、そうしてくれるか」と、七之丞はうなずいた。

5

竹刀や稽古着を置くため、いったん家に戻ると、今崎屋の源次がきていた。

「ご苦労だったな」

父が、勘兵衛の使いに対する労《ねぎら》いのことばをかけてきたのに、「いえ」と頭を下げ、ついでに源次にも頭を下げてから、自分の部屋に道具を片づけに向かった。

そのとき、父と源次との会話が、自然に耳に入ってきた。

「ところで源次、そなた、箱ヶ瀬のほうの出ではなかったかな」

「はい。さようでございます。持穴村のほうで」

「そうだったな。確か、そのように聞いた覚えがある」

そこまでは聞こえた。

次に勘兵衛が部屋を出てきたときは、源次がしゃべっていた。

「はい。母が病気との知らせがあって、村には昨年戻りました。九年ぶりでございましたが」

「ほう。昨年にか」

言って、父は勘兵衛に視線を移した。

「ちょっと、出かけてまいります」

勘兵衛が言うと、父は黙って顎を引いた。


文左が住む北山町は、城下町から見ると城がある亀山の向こう側になるが、勘兵衛が住む水落町の西の隣町であった。郡方組屋敷までは、十町（約一キロ）と離れていない。もっと早くに訪ねればよかった、と思いながら、勘兵衛は道を歩いた。

勘兵衛が向かう彼方には、草間岳、剣ヶ岳、経ヶ岳などの峰々がそびえている。いま、その山々は緑に映えばえと明るく輝いていた。頂きの上に、雲の峰が立つのも間もなくだろう。すぐに梅雨がきて、本格的な夏がくる——。

そんなことを考えながら勘兵衛が、昔、矢場があったという空き地にさしかかったとき、野草を摘んでいるらしい娘が見えた。

その白い顔を見たとき、ふいに、また園枝のことを思いだした。とたんに、狂おしい気分にかき立てられた。

（いかん）

強く自分に、言い聞かせる。

戀、という一文字を、勘兵衛は脳裏にうかべた。

その文字は、糸と糸とで両側から言を締めつける心、なのだと、文字のかたちから知れる。

（つまりは……）

恋とは、ことばにもなさず、態度にも出さず、かたく秘すべき心なのだ。

勘兵衛は、改めてそのことを、深く深く心に沈めた。

あっけないことに、文左は、すこぶる元気だった。勘兵衛が見たとき、文左は父の小八とともに鮎《あゆ》毛《け》鉤《ばり》を作っていた。それが、小八の父の内職だったと思いだした。

鮎毛鉤は鮎を釣るための擬似鉤で、小鳥の羽毛をほどこしたものだ。小八の作る鉤は名人級といわれ、かなり値が張る、とは文左の自慢だった。

小八は名のとおり小柄で、猪首の男だったが、勘兵衛が挨拶をすると、ふむ、と伸び上がるような仕草で勘兵衛を見つめたあと、

「倅が、いつも世話になる」

もごもごと言って、再び毛鉤を作りだした。

「ちょっと、外へ出よう」

文左が言って、二人で外へ出た。まだ前髪を落とした姿を見馴れていないせいか、この日の文左は、ひどく大人びて見える。

「すまんな。わざわざきてくれて。心配してくれたのか」

さっそく文左が口を開いた。

「そうだ。七之丞も気にしていた」

「すまん、すまん。見てのとおり、しばらく忙しくてな」

「親父どのの手伝いか」

「そうなんだ。ちょっとな」

文左が歩きはじめたので、二人ぶらぶらと、先ほどの矢場跡まで歩いた。

「どうやら近ごろ、我が家は手元不如意のようでな」

「ふむ」

文左のうちは、確か二十石だったな、と勘兵衛は思った。決して生活は楽ではないだろう。

「元服のかかりが嵩《かさ》んだのか」

儀式には、それなりに金がかかるだろう。

「まさか。俺のなんか、ささやかなもんだ」

では、どういうことだろう、と勘兵衛は考えた。

子だくさんの家ならいざ知らず、文左の家は親子三人の家庭であった。藩の俸禄米の支給は三月と九月の年二回だから、今の時期で、もう勝手向きが苦しいというのは異様なことである。

「実は、最近親父が夜遊びをするようになってな」

それで内証が苦しくなって、内職を自分も手伝わされている、というようなことを文左は言った。

「夜遊びというと、こおろぎ町あたりか」

「そうとしか思えんのだが……」

「いつ頃からだ」

「そうだなあ。あれは、今年になってからか。いや、昨年の秋くらいからだな」

我が家と同じではないか、と勘兵衛は思った。

なにか不吉な影が、眼前をよぎったような気がした。

凶事

1

中国では古来、奇数を陽の数として、これが重なる日を佳日とした。

五節句は、ここからきて、正月七日の人日《じんじつ》、三月三日の上巳《じょうし》、五月五日の端午《たんご》、七月七日の七夕《しちせき》、九月九日の重陽《ちょうよう》、というふうになっている。

勘兵衛の元服日が九月九日と決まったのは、その理由からで、当初は七月七日という話も出ていたのだが、夏まっさかりのこともあって暑かろうと、結局はこの日に決まった。

烏帽子親を物頭の丹生彦左衛門がつとめ、ささやかではあるが、厳《おごそ》かに勘兵衛の元服は、滞りなく終了した。

その翌日、前髪をさっぱり落として、心なしか額のあたりがすうすうするのを気にしながら、勘兵衛が朝食をとっているときである。

「おい、勘兵衛いるか！」

表で怒鳴る声がした。すぐに七之丞の声とわかったが、普段なら、そんな乱暴な物言いをするはずがない。なにごとか一大事がおこったにちがいないと、勘兵衛は表に走り出た。

はたして七之丞は息を切らしていた。

「どうした七之丞、なにがあった」

だが七之丞は、勘兵衛の顔を見るなり、

「お……」

自分の額あたりで右手をひらひらさせて、勘兵衛を苦笑させた。

「そうか。元服だったな。いや、めでたい。だが、たいへんなことがおこった」

「だから、どうしたんだ」

「いいか。驚くな。文左の親父どのが斬られた」

「えっ」

意味が、よくわからなかった。

「どこで、いつ、誰にだ！」

「まあ待て。落ち着け」

自分のことは棚に上げて、七之丞は左手で勘兵衛を制した。

「誰が斬ったかなどは、まだわからん。きのうのことだ。若生子《わかこ》峠の途中で武士が斬り殺されているのを、下若生子村の百姓が見つけた」

「なにぃ、殺されたのか？」

中村小八が斬られたと聞いて、手傷でも負ったかと思っていたが、これはとんでもないことになっている。勘兵衛の心を驚愕が貫いた。

死体を見つけた百姓は、すぐさま近くの番所に届け出た。若生子峠は美濃国に至る街道筋に当たるので、大野藩ではここに番所を置いている。

番所の役人が検分に出かけたが、遺骸の顔を知っている者がいなかった。そこで荷や懐を調べてみると、家中の中村小八らしいとわかった。

「若生子の番所から、さっそく城下に知らせが入り、徒目付が本人かどうかを確かめに向かったところ、まちがいなく文左の親父どのだとわかったのだ」

父親が目付だから、七之丞にはいち早く、その情報が入ったようである。

「文左は、もう知っているんだろうな」

「知らせは、届いたはずだ」

「で、どうする」

「どうするといって、いまのところ、どうしようもないだろう。亡骸《なきがら》だって、まだ戻っていないんだからな」

「あ、そうなのか」

ならば、なるほど、どうしようもない。葬儀だって、亡骸がなければ出せないではないか。

「物盗りの仕業ということはないだろうな」

「さて」

七之丞は首をひねった。

勘兵衛が、そう尋ねたのは、武士には武士らしい死に方、というものがあるからだった。武士の体面を汚すような死に方をした場合、下手をすると、家名断絶などという可能性もあるのを心配したのだ。

「それにしても、若生子峠というのは、えらく遠いじゃないか。文左の親父どのは、どうしてそんなところへ行ったんだろう」

「そりゃあ、山方の小物成役だからな」

「あ、そうだったな」

　自分でも、妙に興奮している、と勘兵衛は思った。しかし、やはり、もっと尋ねずにはいられなかった。

　だが、七之丞のほうでも、まだなにもわからない状態であった。

　わかっていることといえば、城下に立ち帰った徒目付の報告を受けて、目付である七之丞の父、それに横目付の田原将一郎、数名の徒目付と小者たちが、若生子の番所へ急ぎ向かったということだけである。

「おう、田原先生もか」

　田原は、坂巻道場の次席であり、藩士の挙動を監察し、非違を弾劾する横目付でもあった。

「とにかく、そういうことだ。子細がわかれば、また教える」

　言って、七之丞は足早に立ち去っていった。

　勘兵衛が座敷に戻ると、すでに父は食事を終えて、登城の支度をはじめていた。肩《かた》衣《ぎぬ》をつけた父の後から、母が半袴の腰板を捧げて手伝っている。それは、いつもの姿だった。

「どうした。なにかあったか」

「はい」

父のことばに、勘兵衛は、まだ興奮のさめやらぬままに答えた。

「友人の……中村文左の父御が、斬られて死んだそうです」

「なに！」

孫兵衛は、低いが呻くような声を出した。

「中村……小八どののことか」

「はい」

「いつ、どこでだ」

父もまた、勘兵衛が七之丞にしたのと同じようなことを問い、勘兵衛は七之丞に教えられたことを繰り返した。

「ふむ……」

眉をひそめたまま、父の表情は険しくなっていた。なにごとか考えているような表情にも見えたが、もう、それ以上のことは口にしなかった。

「おそろしいこと……」

母の梨紗が、不安そうな声を出した。

2

二日後、中村小八の通夜がおこなわれることになって、勘兵衛は七之丞とともに北山町の郡方組屋敷に向かった。

　七之丞が言う。

「文左の親父どのは、あの日、役向きで面谷銅山へ向かう途中だったようだ。財布などは取られていなかったから、やはり、物盗り強盗の仕業ではないようだな」

「面谷銅山……」

　藩領に銅山があるとは聞いていたが、それがどのようなところか、勘兵衛は知らなかった。

「穴馬谷付近だそうだ。あのあたりは大方が福井藩領だが、箱ヶ瀬村と上大納村《かみおおのう》だけは、我が藩領になっている」

「箱ヶ瀬村？」

　最近、そのような名を聞いたような気がする、と勘兵衛は思ったが、そのときは思いださなかった。

「箱ヶ瀬村には、持穴村という枝村があって、銅山は、その持穴村にあるらしい」

いろいろ調べてきたらしい七之丞が言った、持穴村、というのにも勘兵衛は聞き覚えがあって、少し考えこんだ。

「どうした？」

「いや、物盗り強盗の仕業ではないとすると、いったい、どういうことなんだろう。一刀のもとに斬られていたということだったな」

これはすでに、きのうの段階で七之丞の父からの話として勘兵衛は聞いていた。それも見事な太刀筋だったと、死体を検分した田原将一郎が言ったそうだ。

そこで二人は、田原から、直接話を聞こうと、きょうも坂巻道場で待ったのだが、今回の事件の調べで忙しいせいか、とうとう道場次席の田原は顔を見せなかった。

「若生子峠には、番所がある」

ふと気づいて、勘兵衛は言った。

「だったら、番所の役人が、犯人らしき人物を見ているんじゃないか」

「それが、ちがうんだ」

七之丞によると、木本領家村から穴馬谷に向かう若生子峠の登り道で、中村小八は倒れていた、という。

「番所は、峠を越えた下若生子村にあるからな」

つまり中村小八が襲われたのは、番所の手前ということらしい。

「ということは、犯人はそこまで考えて襲う場所を決めたということか」

「そうなるな。用意周到だよ。城下で襲えば人目につくし、おそらく、ずっと機会をうかがっていたんだな。よほど、誰かに恨まれていたんだろう」

「恨みだろうか」

「わからん。だが、そのあたりも視野に入れて、親父たちは手を尽くしているようだ」

おそらく目付衆は、いまも懸命に探索しているのだろう、と勘兵衛は想像した。

(しかし……)

勘兵衛は、この五月に見た中村小八の印象を脳裏に浮かべた。小柄で猪首のその人が、殺されるほどの恨みを買っていたとは、とても思えない。

(あっ)

思わず、勘兵衛は心の裡《うち》で叫んだ。

あの日——。

そうだ、あの日、勘兵衛は父の使いで今崎屋へ行き、手代の源次が屋敷にきた。そのとき父と源次の間で、箱ヶ瀬や持穴村の話が出ていたではないか。

ついでに、もうひとつ思いだした。

あの日、文左は、中村小八が近ごろ、足繁くこおろぎ町に通っているようだと言った。

（そして、我が父も……）

これは、いったい、どういうことなんだ、と勘兵衛の心は騒いだ。

まさか父が――

（いや、そんなはずはない）

一昨日の朝、七之丞が急報を入れてきたときの、父の孫兵衛の驚きに嘘偽りはなかったと思う。斬ったのは、少なくとも父ではない。

（だが）

あのときの父の驚きようと、その後の険しい顔つきは、いま思えば尋常ではなかったような気もする。そんなふうに考えると、さまざまな記憶が、いま一点に焦点を合わせてくるようであった。

（文左の組屋敷で挨拶したとき……）

小八は自分を、たしか伸び上がるような仕草で見つめたな――。

そんなことまでが、なにか重大な意味を帯びてくるような心地がした。

3

文左の組屋敷前では、高張提灯の設営がおこなわれていた。通夜には、まだ早すぎたようだ。だが、すでに何人かの弔問客は訪れている。

葬礼の折には、武家は麻の裃、近親者は刀の柄と元結いを白紙で包むと決まっていたが、まだ通夜だから、そういった服装の者はいない。勘兵衛たちにしても、いつに変わらない風体である。

世話人にうながされ、座敷に上がった。

座敷には屏風が逆さに立てられ、その前に中村小八の遺体が横たえられていた。その脇に、文左の母と文左が座っている。母のほうは白小袖に白帯、文左も麻の裃姿である。

文左が勘兵衛たちに気づいて、青白い顔を上げた。

「まだ、お坊さんがこないんだ」

言った文左に勘兵衛はうなずき、それからもごもご文左の母に挨拶をした。七之丞も、それにならった。

「とんだことだったな」

文左には、そう言ったが、あとのことばが続かなかった。

逆さ屏風と遺体の間には、白布をかけられた小机があり、燈明に線香立て、花に一膳飯に箸を立てたものが供えられている。勘兵衛にはその竹箸が、父が作ったものに見えて、少しばかり動揺した。

燈明の明かりが、ゆらりと揺れて、竹箸の影を動かすさまを、じっと見つめる。

「なにか、心当たりはないのか」

そのとき、七之丞が小声で文左に尋ねたので、勘兵衛は視線を戻した。

「いや……」

文左は小さく首を振り、

「まるで、訳がわからん」

言って、口をへの字に引き結んだ。

「そうか」

七之丞が視線を移し、遺骸に手を合わせたので、勘兵衛も、それにならった。実は、こうした通夜に出るのははじめてだった。

白帷子《かたびら》の遺骸が北向きなのは、釈迦の涅槃《ねはん》の姿にならったもので、小刀が胸の上に置かれているのは、魂が抜けた身体に悪霊が入り込まぬため、ということくらいは家塾で習っていたが、さすがに通夜の席での振る舞い方までは教わらなかった。だんだん居心地が悪くなってきた勘兵衛と七之丞は顔を見合わせ、そろそろ出ようか、と以心伝心に伝えあった。

「じゃ、気持ちをしっかり持て」

「なんでも相談してくれ」

口口に、そんなことを言って辞去することにした。

入れ替わりのように坊主とすれちがい、表には、すでにしつらえられた高張提灯に火が入っていた。知らぬ間に夕暮れがきていて、カラスが一羽、カアと悲しげな声を上げながら西空に消えていった。

「泣いては、いなかったな」

「ああ」

二人は、なぜか意気消沈して、そんなことを話しながら歩いた。

「中村の家は、これからどうなるのかな」

勘兵衛が言うと、「さて」と七之丞は首をひねったが、

「文左は、すでに元服をしておるからな」

「うん」

「親父どのの死に、格別の瑕疵《かし》でもないかぎり、文左が俸禄を相続するのではないか」

「そうだと、いいが……」

勘兵衛は、そのことを心から願った。

「お、おい。ありゃ、田原先生ではないか」

「え」

見ると、前方から道を急いでくるのは、まちがいなく田原将一郎であった。

4

二人で駆け寄り挨拶すると、

「やあ、おまえたちもきていたのか」

田原は快活に笑ったあと、顔を引き締めた。不謹慎だと考えたのだろう。

「先生も、文左のところの通夜にいかれるのですか」

「うん。このところ休みがちだったが、中村は弟子のようなものだからな」

「ところで、先生にお聞きしたいことがございます」

と、七之丞が切り出した。

「なんだ」

「はい。中村どのの検死をされたのは、先生だと父から聞きました」

「確かに」

「下手人は、よほどの手練《てだ》れでしょうか」

「うむ……」

田原は、小さく顎を引いた。

「見事な腕だ。右の脇腹から左胸にかけて、一太刀で倒しておった。おそらく中村どのは、刀に手をやる前に、一気に間合いを詰められたのだろうよ」

「すると、正面から」

その七之丞の問いに、田原は首を振った。

「そうとはかぎらん。気配に気づいて、振り返ったところを斬られた、と、わしは見ている」

「右の脇腹から、左胸にかけて、とおっしゃいましたが、すると袈裟がけに斬り下ろされたのではないのですね」

勘兵衛が疑問を口にすると、田原は答えた。

「そういうことだ」

「すると……」

勘兵衛は首をひねった。

「逆袈裟ということになれば、我が流派でも、小野派一刀流とも思えませんが」

「うむ。鋭いな」

田原は笑った。

「あれは、居合だな」

「居合でございますか」

勘兵衛と七之丞は、顔を見合わせた。

「居合となると、関口道場……」

「おい。めったなことを言うでない」

田原が厳しい表情になった。

「…………」

関口道場というのは東新町にあって、田宮流の居合を教えていた。

田原が勘兵衛を叱ったのは、その関口道場には門人が少なく、その気になれば、簡単に下手人の見当がつくからであろうか。

関口道場の道場主は関口弥太郎という六十近い小柄な男で、十年ほど前に江戸からこの大野にきて、道場を開いた。まだ門人が少ないのは、そういうこともあった。

「実はな……」

田原は言った。

「これは居合、と読んだので、刀痕《かたなきず》を田宮先生に見てもらった」

田原は横目付としての職務を、忠実に果たしていた。

「で、田宮先生がおっしゃるには……」

勘兵衛は、ごくりと生唾を飲んだ。

「まちがいなく、居合、それも逆袈裟。だが、田宮流ではない、という」

「…………」

「田宮流にも、逆袈裟に似たものはあるが、まるでちがうそうだ」

そのようなことで、嘘は言うまい。

「すると伯耆《ほうき》流でしょうか」

伯耆流は、他の居合流派のように横一文字の抜き付けではなく、袈裟、逆袈裟に抜き打つのを基本とするのが特徴だと聞いている。

「うむ。田宮先生も、伯耆流の可能性は、口にされた。しかし微妙にちがうようだとも言われてな」

「ちがいますか」

「わしもはじめて聞いたのだが、江戸に無外流という流派があるそうだ」

「むがいりゅう？」

のちに無外流は、その始祖となった都治月旦《つじげったん》の名とともに大いに広まることになるが、このころはまだ無名であった。

「そうだ。なんでも辻資茂《すけもち》という武芸者が、江戸の番町で開いた道場の流派らしいが、田宮先生は、一度その技を見たことがあるそうだ。すさまじい逆袈裟だったが、あの太刀筋ならば納得ができる、ということだった」

田宮の話に勘兵衛は、さて、そのような流派を遣うものが、この大野にいるのだろうか、と思った。

勘兵衛と父

1

若生子峠の事件から、十日、二十日と過ぎたが、あれきり、七之丞からも、なんの情報も入らない。人人ももう、そんな事件があったことも忘れたふうであった。

その後、勘兵衛は何度か文左を訪ねたが、文左にも、父が殺された理由がわからないらしい。

——まだ証拠は、ないのだが……

だが、文左は言った。

——父は、陰謀に巻き込まれたにちがいない。

——陰謀？

——うん。向井新六郎さまに……

向井は、死んだ中村小八の上司で組頭だが、その人に文左は、最近の父に、なにか変わったことはなかったか、と尋ねてみたそうだ。

——向井さまは、変わったところなど、一向になかったと答えられた。しかし……

さらに文左は、父と机を並べていた同僚たちにも、同じ質問をぶつけたらしい。

すると、向井とはちがった答えが返ってきたという。

——昨年の夏……

文左の隣家に松原八十右衛門という小物成役がいて、罪を得て追放になった、という話が出た。もちろん、勘兵衛はよく覚えている。

——その松原が担当していたのが面谷銅山で、その以前は親父の役だったんだ。それが追放によって、再び親父の担当になった。

もちろん、そういった事情は自分も知っていたが……、と文左の話は続いた。

——問題は、それからの親父の行動だ。同僚たちの話では、親父は銅山の小物成について、何年も前まで遡って、なにごとかひそかに調べていた様子だった、と言うんだ。

——遡ってか。

——そうだ。どういったことかはわからんが、親父は組頭に、その件について、なにごとか報告をしていた、と話してくれた人もいる。それを向井どのは、なにもないと答えた。おかしいと思わんか。

——不正か。

——そうとしか思えん。親父は不正に気づいたのだ。その人が言うには、親父は最近になって、敦賀《つるが》の蔵宿から書類を取り寄せようとしていた気配があった、と言うのだ。

——敦賀の蔵宿?

——いや、俺にもよくわからん。その人も、これ以上は教えられぬと、ちょっと怯えた顔になった。

——その人、というのは誰だ。

もしかして、自分の父親ではないか、という予感が勘兵衛にはあった。そう思わせるできごとが、最近あった。

——いや、それは言えぬ。好意で教えてくれた人だ。迷惑はかけられぬ。

——うむ。

きっぱり言った文左を、勘兵衛は誇りに思った。これまで文左には、どこか頼りなげで、少し浮薄な印象を抱いていたが、今後は改めねばならんようだ。

ともあれ文左の話を聞いて、確かに怪しい、と勘兵衛も思った。

中村小八は、何者かの不正に気づいて調べを進めていた。だが、そのことを察知されて消されたのではないか。文左はそう思っているらしい。

――ここだけの話だが、親父の喪が明けるころ、俺は郡方に配属されるそうだ。そうなれば、もっとわかることもあろう。

文左は、きっぱりそう言い、そうなったら家塾も道場もやめる、と宣言した。

父の死の原因を、突き止めようとでもいうのだろうか。

また友が、ひとつ遠いところに行ったな、と勘兵衛は一抹の寂しさを覚えていた。

だが、伊波利三との別離のときのような、手放しの悲しみではなかった。それが成長の証しなのか、それとも文左とは、これからも会いたいときに会い、話したいときに話せると思ったからかはわからない。

だが、ただひとつ、勘兵衛は文左にも言えない屈託を胸に抱えていた。

それより数日前のことであるが、田原将一郎が水落町の屋敷に訪ねてきた。勘兵衛にではなくて、父の孫兵衛に用があったのだ。

二人は半刻ばかり話をし、やがて田原は帰っていった。二人の間に、どんなやりととりがあったのか、勘兵衛にはわからない。だが、文左と話して、なんとなく予測がついた。

中村小八が死んでのち、父のこおろぎ町通いが、ぴたりとやんでいる。さらに言えば、父と中村小八の夜遊びは、いずれも昨年の秋にはじまっている、という一致点があった。

つまり、二人は示し合わせて密かに会っていたのではないか。そうとしか思えない。元もと、友人でない二人が、おそらくは、巷間の居酒屋あたりで顔寄せ合って、一年近くもなにを語らっていたのか、それが文左の話から、明瞭な輪郭を現わしてきたような気がするのだ。

そして中村小八が斬られ、徒目付の働きによって、父の孫兵衛と小八の二人が、しばしばこおろぎ町で密会していた事実をつかんだ。そのことを、横目付の田原が、父に確かめにやってきた。

そう考えると、すべての辻褄が合う、と勘兵衛は考えている。

だが、父は、田原にどこまでを話したのか。そして、父にまで危険がおよぶことはないのか。もどかしさに勘兵衛は、大きな溜め息をついた。

2

十一月に入ったばかりのこの日、勘兵衛は家塾を休み、再び文左の屋敷を訪ねることにした。確かめたいことがあった。

三日ほど前が、中村小八の忌明けのはずだった。そのころに、文左は郡方の役につくようなことを言っていたが、どうなったのか。文左から、なんの連絡もないのが気になっている。

元服をして、まだ一月とたたないから、大小の二刀を腰にたばさんで歩くのは、どうもさまにならない。やがて北山町に入った。

「あら、勘兵衛さん」

訪《おとな》いを入れると、文左の母の万が出てきた。おっとりした表情には、もう悲嘆の色はなく、むしろ溌剌とした輝きすらあった。

「文左でしたら、一昨日から、お役所のほうに出ておりますよ」

「あ、そうでしたか。それはよろしゅうございました。やはり、郡方のほうでしょうか」

「はい。山見役というのをいただきました。といっても、まだしばらくは見習で、高橋さまが後見をしてくださっております」

万は、勘兵衛の知らない名を口にした。

「それならいいのです。特に用もございませんので。どうか頑張るようにと伝えてください」

言って中村の家を辞去したが、どこか割り切れない気持ちも残った。

文左が、無事に中村家を相続し、さらにはお役目にもついたことは、まことに喜ばしい。

しかし——

(水くさいやつだ)

そんな気もする。

このところ、勘兵衛は、ひとり鬱鬱とした気分にとらわれている。

中村小八の横死について、父に尋ねたいことは山ほどあった。だが、それを言い出せずにいる。

父は父で、まるでなにごともなかったかのように、以前と変わらぬ日日を送っている。

通夜にも、葬儀にも、勘兵衛は文左の友人として出席したが、父のほうは、どちらも出ていない。

それは、父と小八の交わりが、やはり秘中の秘であったせいか、それとも、確たるものと思われたその交わりが、実は勘兵衛が紡ぎだした、ただの想像に過ぎなかったのか、それすら混沌としてきて、どうにも心の据わりが悪い。

結果、一人悶悶として、父とも、あまり口をきかないでいるが、それでも素知らぬ顔の父であった。

今朝も非番の父がいる前で、

——きょうは家塾を休んで、ちょっと文左の家に行ってまいります。

母に向かって言った。その声が聞こえないはずはないのに、父は眉ひとつ動かしもせず、せっせと内職の手を動かしていた。

分かれ道にきて、ふと、勘兵衛は足を止めた。左に行けば、中野村を抜けて赤根川の土手道に繋《つな》がり、堤はずっと九頭龍川のほうまで続いている。視線を上げると、はるか彼方に連なる山々の稜線が見え、頂上がわずかに白くなっているところもある。

おそらく、早ばやと霧氷が木木を覆っているのだろう。またも秋は足早に遠のき、冬の音が間近に聞こえるようだった。

（よし）

久しぶりに、土布子《つちふご》村あたりまで足を伸ばしてみるか――。

およそ一里ちょっとの道を行けば、雄大な九頭龍の流れも間近に、晩秋の風景を満喫できるにちがいない。その過ぎゆく秋が、抱え込んでいる憂さを連れ去ってくれるのではないか、と勘兵衛は思った。

中野村を抜け、川の土手道を進んだ。すでに田は、黄金色に波打っていた稲穂の刈り入れを終わり、ただ薄ら寒い風景でしかなかった。

（確か、このあたりだったか）

太田村に入って、勘兵衛はかつて川に流され、ようように這い上がった岸を確かめようとしたが、どこがそうだったか、もはや記憶は遠いものになっている。

さらに歩を進めて、左右から山と山とがなだれこむように落ちて、谷を作るあたりまで近づいてきた。九頭龍の流れは、その谷間を西へと流れるのだが、川の向こう岸は、もう勝山藩領である。

錦繡の秋には、一足遅れたようだ。それでも山の斜面には、まだ紅葉が残っていた。地蔵横に手頃な大石を見つけ、勘兵衛は腰を下ろして、山の斜面を眺めた。

赤、茶、黄、朱とさまざまな色がある。一足先に葉を落とした、樺の木の樹皮の白さも目立つ。ナナカマドやハゼの鮮やかな赤が、川から立ち上る水蒸気に滲むようだった。

どれほどの時間がたったのか、勘兵衛は、ようやくひとつの決断を下した。そのことで、鬱鬱としていた気分も晴れた。わずかに残っていた山国の秋が、勘兵衛のなかの憂いを運び去ってくれたのかもしれない。

3

家に帰り着いたのは、九ツ半（午後一時）を少し過ぎたころだった。

「まあ、ずいぶん遅いこと。きょうは道場には行かぬのですか」

弁当も持たず、家塾を休むと言ったまま家を出た勘兵衛に、母は小言を言いかけたが、それ以上は言わなかった。出そうになる小言を、途中で引っ込めたような感もある。

勘兵衛が元服をしてのち、同じような場面がたびたびあった。母も、それなりに気を遣っているのであろうか。

「はあ、きょうは休もうと思います」

「どこか、身体の具合でも悪いのですか」

「いえ、そうではありません」

「じゃ、昼食の支度でもしましょう」

「いえ、この弁当でかまいません。せっかく作っていただいたのに、申し訳ありません」

いつものように準備されている、握り飯の包みを勘兵衛は手に取った。

そんな母との会話を耳に入れながら、だが父は、ずっと無言で内職を続けている。

その父に尋ねたいことがあった。それが、きょう、遠出をしてつけた決断である。

だが、勘兵衛のために茶を入れたり、忙しく動きまわる母がいて、なかなか機会が訪れない。

その母が、ようやく庭に出たのを確かめて、勘兵衛は父に向かった。

「父上……」

「うん……」

竹を削る手を止めて、父は勘兵衛を見た。

「蔵宿というのは、どういうものでございましょうか」

「蔵宿?」

父の表情が、わずかに動いた。

「はい。敦賀に我が藩の蔵宿があると聞きましたが」

「確かに……」

少し考え、父が言った。

「蔵宿は、蔵元ともいう。敦賀には、我が藩も含めて、北国十六藩の蔵宿が四十軒近くもある。すべて商人じゃ。諸藩から委託されて城米の輸送や売却をおこなう」

「米だけでございますか」

「いや、米にかぎらず、すべての物産の大方は、上方へと送られる。敦賀はいわば、その中継地だ」

「すると、銅もでございますか」

「なぜ、そのようなことを聞く」

「はあ、実は……」

勘兵衛は、先日の文左の話をすることにした。もっとも、不正の疑いとか、そのために中村小八が暗殺されたのではないかという憶測は、きれいに消し去って、

「文左が言うには、中村小八どのは面谷銅山の小物成を扱っていて、敦賀の蔵宿の帳面を調べていたようだと申しましたので」

というふうに言った。

「ふむ……」

父は、じっと勘兵衛の顔を見つめた。叱られるかと思ったが、柔和な表情は変わらなかった。

「銅のことは、我が専門ではないがの……」

「………」

「大野の銅は、すべて大坂の銅座に運ばれて、吹き直される」

「はあ、南蛮吹きでございますな」

その技術でもって、純度の高い銅が得られることは、勘兵衛も知っている。

「そうだ。とにかく大坂まで運ばれるが、これはなにも銅だけにかぎらぬ。先ほども言ったように、大方の物産は、すべて上方へ送られるのだ」

「はい。わかります」

「うん。この際だから、この大野から上方への物資の道筋を教えておこうか」

「お願いいたします」

「まず、この大野からは越前街道を駄送《だそう》され、福井まで行く。福井には、我が藩の蔵屋敷があるが、それは知っているか」

「いえ。知りませんでした」

「そうか。では覚えておけ。福井の長者町というところにそれはある。九頭龍川の河畔だ。表口が七間半、裏口が十五間の蔵屋敷ぞ」

「はい」

「蔵屋敷からは、九頭龍を下って三国《みくに》へ出る。そこからは荷を積み替えて、日本海を船で敦賀だ。ここで蔵宿に入る。我が藩の蔵宿は、佐渡屋嘉兵衛という敦賀の商人だ」

　淀みなく、父の説明は続いた。

「さて、敦賀からは、塩津街道を駄送で塩津まで行く。塩津は琵琶湖の北端にある」

「はい。それは知っております」

「そうか。塩津からは再び船で湖上を大津まで。大津からは淀川を船で下って大坂まで運ばれる。ざっと、そのような道筋じゃ」

「いや。たいへんなものです」

　勘兵衛は、正直に感想を漏らした。

　一方、心の隅では、なるほど、これだけ流通の経路が複雑ならば、どの時点ででも不正は可能だ、と考えている。

「ところで勘兵衛」

言った父の声音も、表情も、一変して厳しいものに変わっていた。

「はい」

「中村文左の父御のことは、気の毒だった。そなたも友人ゆえ、他人ごとと思えぬのは、よくわかる。だが、人には人の領分というものがある。いずれはそなたにも御役が付く日がこようが、この御役というものにも領分がある。その領分を、いかに友人とはいえ、みだりに侵《おか》すことはならぬ。また、侵されてもならぬ。そっと見守るのも、友人以前の、人としてのたしなみぞ」

(理屈では、そうだろうが……)

父が言いたいことは、理解できぬでもなかった。だが、得心がいくものではない。どこか事なかれ主義の、小心翼翼とした匂いが勘兵衛には不満だった。だが——。

「いろいろとご教示を、ありがとうございました」

言って、勘兵衛は頭を下げた。

あるいは父は、勘兵衛の問いにうろたえるか、それとも怒りだすか、そういった反応も予想していた勘兵衛には、真っ直ぐ向き合って答えてくれた父の態度が嬉しかった。

だが、このときの勘兵衛には、大野藩産物がどのように動くのか、なぜそれほど父が詳しく説明してくれたのか、などとは考えもしなかった。

そのことに思いが至るのは、ずっとずっとあとになってからのことである。

4

(納得は、しなかったな……)

勘兵衛の後ろ姿を見送りながら、落合孫兵衛は、そう思った。

(しかし、これ以上は危険すぎる)

中村小八が暗殺された、と知ったときから孫兵衛は、あのことから手を引こうと決めていた。

(わしには家を守り、家族を守る義務がある……)

思えば、あのことに首を突っ込んでいったきっかけが、果たして純粋な正義感からだったか、どうか。やはり、自信はない。

(あれは昨年の……)

そう八月のことであったな、と孫兵衛は思った。

あの日、役所の執務室に中村小八がやってきて、面谷銅山の小物成役元帳を、三年前に遡って借りにきた。そのときには、なにも思わなかったのである。

だが翌月になって、貸し出していた小物成役元帳を返しにやってきた中村が、さらに三年遡った分を借りたいと申し出てきた。

──なにか、ござったのかの？

さすがに少し気になって、孫兵衛は尋ねてみた。

──いや、そういうわけではござらぬ。

そのとき中村は、念には念を入れておきたい、というようなことを答えた。

だが、その言を、孫兵衛は額面通りには受けとらなかった。少なからぬ興味を覚えた、といってもよい。

ひとつには、中村の前任者であった松原八十右衛門が、不義の罪を得て追放となっていた。変化の少ない、この山峡の城下町において、不謹慎ながらその事件は、まことに刺激的な事件でもあった。

さては、あの八十右衛門が……。

不義ばかりではなく、不正をもはたらいていたか、というふうに孫兵衛は思ったのである。

それでも、そのときには格別の行動はとらなかった。

古い書類を、自分でも調べ直そうと思ったのは、またも中村が、さらに古い書類綴りを借りにきたからである。こうなると、さすがに異様である。

孫兵衛は、中村が調べているらしいことを、自分でも調べてみた。すると——。

確かに、おかしな点が見つかった。それは、この数年の間に、明らかに産銅の量が落ちている点である。昨年の分など、四、五年前に較べれば四割近くも減っていた。

（これか）

と、孫兵衛は思った。

ちょうどそんな折であった。

奉行の山路から呼ばれて行ってみると、痛烈な皮肉と叱責が待っていた。それは自らの役目をおろそかにして、不要不急の調べごとに、いたずらに時間を費やしている、というものであった。

だが、奉行の叱責は、かえって孫兵衛の懐疑に火をつけた。なぜそのようなことを調べているのか、と糺《ただ》すのが普通の反応ではないか。

（さては……）

と、孫兵衛は思案した。やはり不正はあって、その黒幕こそが奉行ではないか——

と。

思えば山路帯刀から、孫兵衛は長年にわたり、幾度も煮え湯を飲まされ続けてきた。そのことが、孫兵衛に火をつけたのである。不正を明らかにすれば、積年の恨みを晴らすことも可能ではないか。

だが、孫兵衛の行動が、すぐに奉行の耳に入ったことを考えると、うかつな動きはできない。すぐ間近に同じ穴の狢《むじな》がいる、と考えねばならなかった。

そこで密かに、中村小八と接触をとることにした。中村だけが、唯一の味方になるはずだった。

果たして中村は、やはり産銅の量の変化に疑いの目を持って、調べていたことが分かった。二人は慎重に打ち合わせの場所を選び、それを大工町にある豆狸《まめだ》屋という居酒屋に決めた。

小料理屋や遊所が建ち並ぶ、こおろぎ町からは少し離れて、ぽつんとある店である。その店には土間席と桟敷席があって、客のほとんどは職人という店だった。めったに武士がこず、料理がうまくて、値も安い。いつも賑わっているので、少少のことを話しても、他人の話など聞く者もいない、という絶好の落ち合い場所である。

その豆狸屋で、二人はしばしば会って、互いが調べたことを分析し、意見を交換しあうようになった。

中村によれば、面谷銅山の小物成は、運上銀として月に十貫ほどあったものが、月に五千斤の登高が三千斤にまで減じた結果、現在では六貫そこそこになっているという。つまり減じた銀四貫を換算すれば、ざっと六十七両、年間にして八百両という大金が減じたことになる。

——それは、たいへんなことではないか。

正直、孫兵衛は目を剝いたものだ。

——とりあえず……

と中村が言った。

——小頭の向井新六郎には、このことを報告はしたのだが……。

反応は梨の礫《つぶて》だったらしい。

——では、向井も一味かの？

——さて。

中村は首をひねり、状況として疑わしくとも、肝心の証拠がないからな、と口をゆがめた。

では、どのようにすれば証拠がつかめるか。

ああでもない、こうでもない、と二人、いろんな策を試しているうちに、あっという間に一年が過ぎた。

そして先先月、ついに中村がこう言った。

——面谷には九軒の吹屋があるが、それらを束ねている山師は武衛門という家だ。そいつを締め上げるのが手っ取り早いと思う。

——だが、危険ではないか。

——なんの。正面切ってのことではない。それとなく、カマをかけてやるのさ。どちらにしろ面谷は拙者の担当だから、正規の役職だ。

——それは、そうだろうが。

なおも危ぶむ孫兵衛に、次に中村は、一段と声をひそめて、とんでもないことを言った。

——これまで俺たちは、黒幕は奉行の山路だと思ってきたが、もっと、その奥に、真の黒幕がいるような気が、最近してきた。

——真の……か。

——うむ。考えてもみろ、一介の郡奉行に、これほどのことができようか。

——じゃ、誰だと言うんだ。

すると中村は、握っていた箸を盃の酒で濡らし、卓台の上に文字を書いた。

——まさか。

小泉と読めて、孫兵衛は信じなかった。

五年前の夏、江戸より戻った家老の小泉権大夫は、乙部勘左衛門を蹴落として以来、いまでは藩の権力を一手に握る実力者であった。一方、山路のほうは、それまで乙部派の最右翼であったのだから、二人が同盟を結ぶことなど、まるで考えられない。

——その、まさか、がミソだ。

と、中村は言った。

——誰もが、そんな取り合わせは考えもしまい。だが、山路という男、土壇場では閨閥に泣きつくような男ぞ。首がつながったあとは、こっちにしっぽを振ったとしても不思議はあるまい。

言いながら、とんとんと酒文字をつついた。

——それにな。よくよく考えれば、面谷の登高が、がたんと減じたるは、四年前からのことじゃ。

小泉が、国家老になってからのことだと中村は論じたのだ。

——まあ、考えられる手は、他にも打ってある。なにしろ敵は巨大だからな。やれるだけのことはやってみる。

そして――。

面谷銅山へと向かった中村が、何者かに斬り殺された。

（あるいは――）

中村の言っていたことが、当たっているのかもしれぬ、と孫兵衛は思いはじめていた。

これ以上は危険、と感じたのも、そのことからであった。郡奉行を相手にするだけでも、かなりな度胸を必要としたが、それが藩随一の実力者が相手となると、これはもうどうにも歯が立たぬ。

それどころか、自分にも刺客が向けられる可能性だってあるのだった。

（もう、よそう）

孫兵衛は、もう一度、その決意を胸に落とし、再び竹籤《たけひご》を削りだした。

讒《ざん》訴《そ》

1

あっという間に冬がきて、例年よりも雪の多い新年が過ぎた。小正月が終わった翌日、雪道を踏んで勘兵衛を訪ねてきた者があった。

(はて?)

玄関に出て、勘兵衛が首をかしげたのは、中年で小太りのその武士に、どこか見覚えがあったからである。

「いやあ、大きくなられましたなあ」

旅支度の武士は、にこにこしながら言って、

「忘れられましたか。拙者は、松田与左衛門の用人で、新高陣八でござる」

「ああ、あのときの……、いや、これは失礼いたしました」

「なんの、なんの。あれからもう、そう六年ほどはたっており申す。忘れられて当然」

新高は、まだ若君が左門といって、この大野にいたときに、勘兵衛を伺候させよとの使いにきた人であった。

「すると、江戸からでございますか」

「さよう。少し野暮用がございましてな。そうそう伊波さまより、書状を預かってまいりましたぞ」

「ああ、それは、ありがとうございます」

昨年の秋に、ちょうど江戸へ向かう人に託して、勘兵衛は、中村文左の父の横死を知らせている。思ったより早く、その返事がきたと思った。

その文左とは、この正月、七之丞と一緒に会っている。そのとき文左は、郡方山見役見習でしごかれていることを話しただけで、特に父に関する話は出さなかった。ただ、二人いる郡奉行のうち、父と同じく山路帯刀の支配下にある、と少し憮然とした表情になったのが印象的だった。

手紙を届けにきただけだからと、新高はすぐに辞去していった。勘兵衛は、さっそく部屋に戻って、利三からの手紙を開いた。

（なんだ、これは……）

吉原に遊びに行った……ということくらいしか、書かれていない。ただ最後のほうに、まるでつけたりのように、勘兵衛のことは気の毒だった。よろしく伝えてくれ、とあるだけだ。

勘兵衛は、腹を立てた。

むしゃくしゃした気分を打ち払おうと、稽古用の木剣を手に庭に出た。

この正月三日の竹刀はじめでは、勘兵衛は席次が去年より二つ上がり、七位に入った。あるいは、秋の交流試合に参加できるかもしれないところまできている。

えいっ、えいっと気合いを発しながら、五度、十度と素振りを繰り返したあとは、敵を想定しての型の練習に入った。想起した敵は、なぜか守屋新兵衛だった。昔、勘兵衛をいたぶった兄弟子である。

相変わらず五位の席次を保持している守屋には、三本のうち、一本は取れるようになった。だが、あと一歩のところでおよばずにいる。

青眼に剣を構えた。守屋はまず勘兵衛の左肩を狙って、竹刀を打ち込んでくる。それを足送りだけでかわす。だが、次の瞬間、守屋の竹刀はしなるような連続技で、胴を狙ってくる。これを竹刀で受けてはいけない。胴にくる前に腰から踏み込んで面を打つ。

同じ型を、何度も何度も繰り返すうち、身体はじっとり汗ばんできた。ふと気づくと、母があきれたような顔で、勘兵衛を見ていた。

庭土で汚れた足を洗おうとしたら、用水路から引いた水溜に、うっすら氷が張っている。それを木刀の先で割って、手桶で足を洗った。飛び上がるほど冷たかった。

だが、おかげで、もやもやしていたものが霧散した。

（六年……）

利三と別れてからの年月を思った。

（それに江戸……）

この山峡の城下町と、大都市と――。その大きな隔たりのせいだ。

（利三が悪いのではない）

ようやく、そう思えた。

木刀を片手に、部屋へ戻ろうとした勘兵衛の目に、せかせかとした足取りで、落合七兵衛が生け垣から入ってくる姿が目に入った。唯一の親戚で、物頭である。

「たいへんじゃ。勘兵衛」

七兵衛が、庭の勘兵衛を認めるなり、そう言った。

2

「それは、また、どういうことでございますか」

仰天した母が取り乱しそうになるのを、

「落ち着いてください。母上」

勘兵衛は、あえて切言《せつげん》した。そういう勘兵衛だって、予期しない知らせに呆然としている。

落合七兵衛は、父が横目《よこめ》の田原将一郎によって、きょう評定所に押し込められた、と知らせにきたのだ。

「わしにも、まだ詳しいことは分からぬ。目付の塩川益右衛門の屋敷から使いで、それを知らせてきたのじゃ。孫兵衛は吟味のため、しばらく評定所に留め置かれるが、静かに沙汰を待てとのことであった。いずれにせよ勘兵衛、軽挙妄動は慎むべし。落合の家のものとして、これだけは言っておく」

「承知しております。しかし……」

しかし、とは言ったが、勘兵衛にはあとのことばが続かなかった。さまざまな思いが胸に渦巻き、奔流となって全身を駆けめぐる。

父をとらえたのは、横目の田原将一郎だという。

同じ坂巻道場の高弟でもある田原は、中村小八の事件のあと、この家にやってきて、父となんらかの話をしていったことがある。

（そのことと、今回のことに関連はあるのか――）

ある、としか思えない。

だが、いったい、父はどのような罪に問われようとしているのか――。

また一方では、落合七兵衛のところに、目付の塩川益右衛門から使いが行った意味についても想いはいたっている。

塩川益右衛門は七之丞の父である。いち早く、その情報を七兵衛のところに伝えたのは、やはり好意であったろうと思うのだ。

「なにかの、お間違いでございましょうよ」

刹那のうちに面やつれを見せて、母が言った。

「うむ。わしもそう思う。あの孫兵衛が、御法度に触れるようなことを、するとは思えぬ。わしも手を尽くしてみる。一両日のうちには、もっと詳しいことが分かろう。

その折には、また知らせよう」

七兵衛は、もう一度勘兵衛に、軽挙妄動は慎むようにと念を押し、戻っていった。

それから一刻もたたぬうちに、佐川給兵衛と名乗る徒目付が小者二人を連れてやってきた。応対には、勘兵衛が出た。

その小者の一人に、見覚えがあった。六年前の放生会の夜、清滝社で勘兵衛と殴り合った佐治彦六である。佐治は、にやっと笑ったあと視線をそらした。

佐川が言った。

「落合孫兵衛は、故《ゆえ》あって評定所にて吟味中である。評定には、いましばしの時日がかかるゆえ、その間、追って沙汰があるまで、当屋敷を閉門とする」

「お待ちください。閉門は、評定所の沙汰があってのちというのが通常のこと。それをなにゆえの閉門でござろう」

「上よりのご沙汰である。謹んで、お受けなさるがよかろうと思う」

そう言われてしまえば、抵抗のしようもなかった。

閉門といわれても、勘兵衛の屋敷には門などない。玄関先の戸口に、用意してきた板を二枚交差させるだけのことだった。釘で打ちつけもしない。佐治ともう一人の小者に、六尺棒を手に見張り番として立たせ、佐川は、さっさと帰っていった。

「夕食の具に大根が必要だ。とってきていいか」

勘兵衛が、戸口から顔を出して、軒先に吊るした大根を指さした。見張りの二人は顔を見合わせ、

「よし。俺がとってこよう。何本だ」

佐治ではないほうが答えた。

「二本ほど頼む」

一人になった佐治は、ちょっと目をしばたたかせて、勘兵衛を見た。すでに二十歳をこしたはずの佐治は、相変わらず図体がでかいが、そう悪い男には見えなかった。

「気の毒なことになったな」

と、佐治が言った。

「うん。それにしても、いきなり閉門とはな。そんなものなのか」

「いや……」

佐治は口ごもり、

「おまえが無茶勘だからじゃないのか」

「まさか……」

こんな場合だというのに、二人して笑った。春風を待ちわびるこの地方では、梅をこう呼ぶことがある。

どこからか風待草《かぜまちぐさ》の匂いが漂ってきた。

3

三ノ丸曲輪に建つ評定所の一室で、落合孫兵衛は臍《ほぞ》を噬《か》んでいた。

（やはり、きたか）

（だが、このようなかたちで報復がくるとは思わなかった……）

中村小八の斬殺事件の前後から、孫兵衛はいつも、どこからか自分を見つめている目、というものを感じていた。

登城のときも下城のときも、あるいは町を歩いているときにも、何者かに行動を監視されている気配があった。だが、それが誰であるかを認知することはできなかった。

刺客かもしれぬ……。

理由については、覚えがある。

どうやら踏み込んではならぬ領域に、自ら足を踏み入れたようである。

その結果が、讒訴《ざんそ》であった。

帳面を改竄《かいざん》し、公金を横領した疑いであった。

それが、孫兵衛にかけられた疑いであった。

孫兵衛の吟味に当たったのは田原将一郎で、

「一向に覚えのなきこと、まったくの冤罪でござる」

もちろん孫兵衛は、そう主張した。

だが、田原の調べは厳しく、次次と証拠を突きつけて糾罪の手をゆるめない。証拠というのは帳面であった。

「ここなる調書は、お手前が作成したものに相違あるまいな」

出された書類は黒谷村小物成御収納御入用調書と題されたもので、その手跡は、まちがいなく孫兵衛のものであった。

「そのとおりでござる」

「では……」

田原は、もう一冊、分厚い綴りを出してきた。

そちらは「小物成役元帳」と呼ばれるもので、山方から提出されてきた書類を綴ったものだった。その元帳を村ごとに分類して書き写し、集計に相当する金子《きんす》を御蔵に入れるのが孫兵衛の役である。

「さて、たとえば、ここじゃ」

あらかじめ栞《しおり》を入れていた箇所を開いて、田原は扇子の先で、指し示した。

「はい」

指されたのは、黒谷村の木材小物成であった。元帳と、自分が作成した調書とを見比べたが、数字に誤りはなかった。

「おかしなところは、ござりませぬが……」

「なにを、とぼけたことを。ほれ、よくよく見らっしゃい」

田原に叱責されて目をこらすと、異体な点があった。

巧妙ではあるが、改竄のあとがある。元あった文字を、ささらかなにかで削り取り、その上から新たに元と同じ数字を書き入れたのであろう。しかもご丁寧なことに、その文字は孫兵衛の手に似せられていた。

「さて、これは面妖なことでござる」

孫兵衛は、驚愕して言った。

「いちいち、指し示しはせぬが、同様の箇所が、他にもあまたある」

「かまえて申しますが、拙者には心覚えのなきこと。また似せてはおりますが、これは拙者の手跡ではござらぬ」

「そのような申し開きに、ああ、さようかと納得するわけにはまいらぬぞ」

「…………」

「それでは尋ねるが、いったい誰が、いかなる仕儀で、お手前をかく陥《おとしい》れようとするのか、その存念がござれば、お聞かせいただきたい」

もちろん、ある。

だが、それは、軽軽に口にはできぬことであった。

昨年の秋、この田原は、中村小八の事件に関し、水落町へ孫兵衛を訪ねてきたことがある。

斬殺された中村の近ごろの動向を調べていたところ、大工町にある居酒屋で、中村と孫兵衛が、しばしば待ち合わせていたようだが――というのが、そのときの中村の用であった。目付衆の調べは周到であった。

――いや、ただの飲み友達でござるよ。

と、そのとき孫兵衛は答えた。

勤めも同じ郡方役所で、しかも倅同士も友人同士だから、どちらからともなく誘い合うようになった、としか説明していない。

もし中村と自分が抱いた疑惑が事実であり、その黒幕が家老の小泉ならば、敵の力はあまりにも強大であった。どのような網が、どこに張り巡らされているか分からないのである。田原が、その一派でないとは、誰にも言えない。

あのときの境地は、いまも変わらなかった。

もし、よしんば田原が敵ではないとしても——。

横目《よこめ》の田原の上には目付がいて、さらにその上には大目付がいる。ここで孫兵衛が、洗いざらいをぶちまけたとして、そのとき敵は、確実に牙を剝きだしてくるだろう。

（どうするか……）

孫兵衛は、熟慮の末に苦しい決断をした。

敵は、孫兵衛だけには、これが明らかに報復であるぞ、とわからせる手段をとってきた。

（ここに、活路がある）

いま、もし孫兵衛が、あらぬことを口走れば、敵は牙を剝くどころか一揉みに揉んで、孫兵衛の抹殺にかかるだろう。

（そのときには……）

孫兵衛のみならず、家族にも累はおよぶ。おそらく落合の家など、跡形もなく吹き飛ぶにちがいない。

だが、孫兵衛がいっさいを語らず、ただ濡れ衣だけを主張したときは——。

そのときには、また別の道が開けてくるはずだ、と孫兵衛は思った。

(たとえ、冤罪を晴らすことができずとも……)

最悪の場合、自分一人が腹を切れば、ことはおさまる可能性があった。

ずっと昔、同じような罪で切腹になった者がいたな、と孫兵衛は思いだしていた。

だが、その家は残り、いまも続いているではないか。その事例が、孫兵衛の最後のよりどころとなった。

長い思案のようだったが、それほどの時間はかからなかったような気がする。孫兵衛は、ゆっくりと顔を上げて、田原に答えた。

「誰が、どのような遺恨で我を陥れようとするのか、まるで心当たりなどございません。しかしながら、たとえ讒訴とはいえ、このような仕儀になったるは拙者の不徳。その点を恥じはいたしますが、神明にかけて、かような不正はいたしておりませぬ」

「あくまで、無実と申すのか」

「無実でございます。いかにも元帳を改竄したかに見せかけておりますが、元あった数字をわざと消し、また同じ数字を書き加えたものとしか思われません。今一度、そのあたりを御調べ直していただくわけにはまいりませんか。さらに申せば、この黒谷村庄屋のところに、本元帳の写しが残っているやもしれません。それともぜひに見比べてくださるよう、お願い申し上げます」

たぶん、必死の面持ちになっていたのだろう。田原は、しばらくの間、じっと孫兵衛の顔を見つめ、やがて、おもむろにうなずいた。

「あいわかった。お手前の言い分、胸に落ちたぞ」

その田原に、孫兵衛は無言で深ぶかと頭を下げた。

4

翌日、田原将一郎とともに現われた人物を見て、孫兵衛は驚いた。大目付の斉藤利正だったからである。

（まだ、十分な吟味もせぬうちに……）

早くも処分が決まったか、と孫兵衛は思った。大目付が出てくるのは、処断の言い渡し以外には考えられなかった。

平伏しながら、孫兵衛は歯嚙みした。

「落合孫兵衛、面を上げよ」

斉藤の渋い声が響き、孫兵衛は覚悟を決めた。だが、予想外のことばが大目付から発せられた。

「そこもとの裁定については、なお若干の時日を要する。よって、追って沙汰があるまでの蟄居を申しつける。なお、閉門はこれを解く」

「閉門、とおっしゃいますと……」

孫兵衛は、まだ我が屋敷が閉門になっていることを知らないでいた。それを田原将一郎が説明した。

(それは、また、早手まわしな……)

孫兵衛は憮然としかかったが、

「謹んでお受けいたします」

言って、頭を垂れた。

(それにしても、思いがけないことだ……)

評定所を出され、横目の田原将一郎以下、数人の徒目付たちに囲まれて、水落町の屋敷へ戻る道すがら孫兵衛は思った。

きのうの執務中、いまと同じように取り囲まれ、評定所に押し込められた。そして、場合によれば、もう二度と水落町には戻れぬままに腹を切ることになるかもしれぬ、とまで覚悟を決めていた。

それが、たった一日の吟味で解放されようとしている。

といって、自分の無実が証明されたわけではない。そのことは、沙汰のあるまで蟄居、という事実からも明らかだった。

(いったい、なにがあったのか……)

そのことを、いま孫兵衛は考えている。

自分が評定所に押し込められた昨日、間髪を入れず、我が屋敷は閉門となったらしい。これは尋常なことではなかった。つまり、それだけの権力が動いたということだ。

その因《もと》が誰かは、容易に見当がついた。

だが、その一方、たった一夜で閉門は解かれ、蟄居というかたちにせよ、自分は解放されようとしている。

(なんらかの、別の力が動いたとしか思えぬ……)

だが、その力がなになのか、どう考えてもわからなかった。

田原なら、知っていようか――。

孫兵衛は、先を行く田原の後ろ姿を見つめた。

(知っていても、答えはすまい)

とにかく、おとなしく沙汰を待つまでだ。

なるようにしかなるまい、と思うことにした。

5

落合孫兵衛に沙汰が下りるまで、思った以上の時日を要した。

孫兵衛にとって一縷《いちる》の望みは、黒谷村庄屋の屋敷に、木材小物成の控えが残っていることであった。それと小物成役元帳とが合致すれば、孫兵衛の主張は認められるはずである。

それが——

(こうも日数がかかるということは……)

孫兵衛は、わずかにせよ期待を抱いた自分を嗤《わら》った。そんなに簡単な罠をかけてくるはずはないではないか。

(相手は、郡奉行だぞ)

たとえ庄屋のところに控えが残っていたとしても、そんなものはどうにでもすることができる権力者が相手なのだ。

ならば自分が選べる最善の道は、この落合家を先に残す算段であった。

蟄居は、出仕や外出を禁じた刑であるが、厳密にいえば、家族にまでおよぶものではない。しかし恭敬の意を表するためにも、家族全員を屋敷より外には出さなかった。

伝わってきたところでは、親戚の落合七兵衛も、自主的に遠慮を続けているらしい。

詩織を嫁がせた室田の家からも、若夫婦が揃って見舞いにきたけれど、孫兵衛は中に入れず門前で帰宅させた。人事を尽くして天命を待つ、という心境である。

白か黒か。正か否か。無罪か有罪か。どのような処断が下されようと、孫兵衛は従《しょう》容《よう》として受け入れる覚悟をつけていた。ただ、勘兵衛と藤次郎の兄弟だけには、心構えを説いておいた。

「よいか。父には、天地神明にかけて、なんら恥じるところはない。だから、たとえ父にどのような咎《とが》がかかろうと、おまえたちも決して恥じる必要はない。いや、恥じてもらっては困る」

次男の藤次郎のほうは素直にうなずいてくれたが、勘兵衛のほうは、きかん気を剝き出しにして食い下がってきた。

「こたびの讒訴、父上には、心当たりはございませぬか。もし、御存念がござれば、どうか、わたしだけにでもおあかしください」

「そんなものはない」

だが孫兵衛は、一言のもとに、それをはねつけておいた。

知らぬほうがいい。知ったとて、どうにもならぬが、勘兵衛は生来の血の熱さを持っている。その血が、どう暴発するかもしれない。父の孫兵衛は、なによりもそれをおそれていた。

「よいか、勘兵衛。もし父に万一のことあれば、おまえがこの家を守り、母や弟を守らねばならぬ立場ぞ、そのことを肝に据え、決して軽挙妄動に走ってはならぬぞ」

「しかし父上」

それでも勘兵衛は、納得せずに食い下がってきた。

「口答えいたすようで申し訳ございませんが、武士には、武士の一分《いちぶん》というものがございます。いつも父上からは、武士は食うために働くのではない、働くために食うのだ、と教えられてまいりました。武士には、家を守るよりも、なお大切なものがあるのではございませんか」

ふむ、たのもしいぞ、と孫兵衛は笑った。そして言った。

「そりゃ、そのとおりだ。しかしな勘兵衛。父が言うことに偽りはない。心当たりもなければ、存念もないのだ。実際のところ、いったい何者が、なんのために仕掛けた罠か、そこのところが、一向にわからぬのじゃ」

ようやく矛を収めた勘兵衛を、

（得心してくれなかったようじゃの）

孫兵衛は嘆息して見送ったのであった。

そしてその日がきた。

すでに里の梅林では風待草が咲き匂い、もう間もなく啓蟄《けいちつ》の候も近かった。

落合孫兵衛に下された沙汰は、驚くべきものであった。

御役召し上げの上、家禄を五割減ずる。

もし帳簿改竄《かいざん》、公金横領の罪なら、裁決はもっと苛烈なものであったろうし、無実が晴れたのなら青天白日の身であるべきだった。ところが、有罪とも無罪とも判別つきがたく、されど、自らが作成せし帳面に改竄の跡あるは、御役の掌理に遺漏あり、というのが、今回の沙汰の理由骨子になっていた。

（つまりは、玉虫色の決着ということか）

隠忍するしかないと、孫兵衛は思った。

沙汰書には付帯事項がついていて、水落町の屋敷を引き渡し、十日以内に屋敷替えをすませなければならない。引っ越し先は清水町であった。

酔芙蓉《すいふよう》

1

春色はあせて、さわやかな初夏の気配が漂うころになった。

昨年のいまごろ国帰りしていた藩主も、先月には行列を整えて、出府している。

勘兵衛が坂巻道場を出ると、七之丞が待っていた。七之丞は上巳《じょうみ》の節句（三月三日）を選んで、元服をすませている。

「叱られたか」

浮かぬ顔の勘兵衛に、七之丞は言った。

「ああ、ひどく叱られた。だが、俺が悪い」

「うむ」

うなずいて、七之丞は先に歩きはじめた。

きょう、次席の田原将一郎が、勘兵衛の試合稽古を中断させた。

――ちょっと、こい。

そう言って別室に呼ばれた。

なにが問題だったかは、自分が一番よく分かっていた。はたして田原は、

――近ごろの、おまえは乱暴すぎる。あれは試合ではない。喧嘩だ。

厳しい声で叱咤した。

自分でも承知しながら、気持ちの奥底に横たわる荒涼としたもの、あるいは不遇感ともいうものが、つい顔を出してくるのである。

これでは、かつて、自分に挑みかかってきた守屋新兵衛と同じではないか――。そう思いながらも、収まり場所を失った心は、荒荒しくすさんでいく。

この正月で席次六位にまで上がった勘兵衛の剣の実力は、席次五位の守屋新兵衛を時には打ち負かし、席次三位の榊田十兵衛さえ脅かすまでになっている。

そんな勘兵衛が、むきになって竹刀を打ち立てていく姿を見れば、田原が苦言を呈するのも、叱咤するのも当然のことである。

「田原さんを、恨んでいるんじゃなかろうな」

「馬鹿を言え、あれは職務だ。田原先生もそう言っていた」

父は、皮肉にもその田原の吟味を受け、結果として役を取り上げられて家禄も半分に減らされた。だが、それは横目という田原のお役目であって、恨む筋合いでないことは承知している。

「それならいいんだが……」

「ほんとうだ。そんなことを言っていれば、おまえのことも恨まねばならん」

「ま、そういうことになるか」

七之丞の父は、目付であった。

「しかし、まあ、これだけは言っておく」

「なんだ」

「うん。ま、無茶はせんことだ」

勘兵衛が微苦笑したのは、つい先ほど田原も同じようなことを言ったからだ。

理由は、わかっている。

この二月、勘兵衛の父が公金横領の疑いをかけられ、御役御免の上で俸禄を半分に減らされたことは、誰もが知っていた。ところが、どこからどう漏れ伝わったかはわからぬが、その折の評定の内情が、広く世間に流布していた。

当然、その噂は勘兵衛の耳にも入っている。

それによると、父に対する沙汰を評定したのは、筆頭家老の津田富信、家老の小泉権大夫に間宮定良、大目付の斉藤利正、郡奉行の山路帯刀に小野口三郎大夫、それに町奉行の橋本七郎平という陣容の七名であったらしい。なお家老の間宮は、嫡子問題に敗れて去った乙部勘左衛門の跡を受けて、新家老に就任した人物である。

意見は、最初まっぷたつに割れたそうだ。断固として厳酷なる処置を執るべし、という強硬派と、証拠不十分につき処分なし、という穏健派だ。強硬派は小泉に山路の二人で、穏健派は間宮と斉藤であった。あとの三人は、傍観派である。

議論は白熱したそうだが、結局、筆頭家老の津田が折衷案を出して、今回の沙汰に落ち着いた、というのだ。

噂には尾鰭《おひれ》がつくのが常だから、家老の小泉と郡奉行の山路は、なにがなんでも、落合孫兵衛に腹を切らせたかったらしい。さて、その裏側には、どんな事情が隠れているものともしれぬ、などとも聞こえてくる。

だが、この尾鰭を耳にしたとき、勘兵衛は、噂は正鵠《せいこく》を射《い》ているのではないか、と感じたものだ。七之丞は知らぬことだが、中村文左の話とも符合するものがあった。

ともあれ、無茶はするな、の七之丞の忠告は、もっと単純なものであった。父に厳しい処罰を求めようとした小泉や山路を恨んで、勘兵衛がなにやらしでかすのではないかと心配しているらしい。

「大丈夫だ。無茶などするものか」

「うん」

「しかしなあ……」

「なんだ」

「世、溷濁《こんだく》して清《す》まず。蟬翼《せんよく》を重しと爲《な》し、千鈞《せんきん》を輕《かろ》しと爲す、の心境だな」

勘兵衛は楚辞《そじ》のなかの、卜居《ぼっきょ》という詩の一節を諳《そら》んじた。

世の中は汚れきって澄まないし、蟬の羽根みたいに軽い者が重んじられて、千鈞の重みを持つ人物が軽んじられている、というほどの意味だった。

「ほんとうに言いたいのは、そのあとのほうだろう」

七之丞は言って、詩の続きを諳んじた。

「黄鐘《こうしょう》を毀棄《きき》し、瓦釜《がふ》を雷鳴す。讒人《ざんにん》高張し、賢士《けんし》名無し——だろう。声低き者を捨て、平凡で愚かなる者が大声で威張り、讒言する者が優位に立ち、すぐれた人が名を失う。そう言いたいんじゃないか」

「図星だが……いや、驚いた。けっこう勉学にも励んでいるんだ」

「おきやがれ。剣では負けても、学問で引けはとらぬわ」

どこで仕入れたか、七之丞はべらんめえことばを使った。勘兵衛に誉められて、照れくさかったのかもしれぬ。

午後の陽光のなかで、咲きそろいはじめた寺町の皐月《さつき》が美しい。

「どうだ。いい陽気だ。久しぶりに篠座社にまで足を伸ばしてみるか」

篠座社は、皐月の名所である。

だが誘った勘兵衛に、七之丞は奇妙なことを言った。

「いや。きょうはよそう。それより、おまえ、きょうは、真っ直ぐに家に帰ったほうがいいぞ」

「どうしてだ」

「どうしてといわれても、その……、なんだ。まあ、いいからまっすぐ帰れ」

七之丞には珍しく、妙に口ごもった。

やがて、互いに西と北とに道が分かれるところまできて、七之丞が、もう一度、念を押した。

「いいな。まっすぐ帰るんだぞ」

（変なやつだ）

首をかしげながら勘兵衛は、傾きはじめた日の方向に、真っ直ぐ歩を進めた。

2

屋敷替えで移った先は、清水町も南西の外れで、清滝川の河畔にあった。昔、勘兵衛が川に流された広河原から近い。

元は誰が住んでいたのかは知らぬが、家屋は老朽が進み、しかも狭かった。だが、敷地は水落町と遜色がなく、かえって庭は広かった。

引っ越し以来、荒れた庭に手を入れて、新たに菜園を作るのが、このところの日課になっている。

家塾のある本願寺裏を通り抜け、武家地を抜けると、ぽつぽつと田畑が散らばっている。その先の川に突き当たる手前が、越してから一ヶ月半ほどになる、新しい住処だった。ぽつんと建つ一軒家だ。

（おや？）

武家屋敷や組屋敷が途切れた先の畑のところで、一人の娘が、くるりと背を向けた。

まるで、勘兵衛に気づいて、あわてたような素振りだった。先のほうに、勘兵衛の家が見えはじめたあたりである。

武家の娘とも、村の娘とも見えない。遠目だが、ちらりと見えた面差しに、どこか覚えがあった。

だが、娘は勘兵衛が通り過ぎても、まるで日時計のように、方向を変えながら勘兵衛に背を向けてくる。

（おかしな、おなごだ）

そう思ったとき、勘兵衛には娘の正体がわかった。確か一年ほど前だ。父の使いで城下町を行くとき、園枝にぱったり出会ったことがあった。その折、園枝の供をしていた小女ではないか。

（すると……）

もしかして園枝が我が家に――？

それならば、先ほど七之丞がおかしなことを言ったのにも符合する。

（しかし、どんな用で？）

にわかに胸が高まり、思わず早まりそうになる足を抑えるのに、勘兵衛は苦労した。

庭先には母がいて、

「あら、まあ、あなたにお客さまですよ」

妙にそわそわした調子で、勘兵衛に言った。

「はあ」

「それが、あなた、塩川さまのところのお嬢さまで、もう小半刻もお待ちですよ」

「七之丞の妹の、園枝さんのことですか」

わかっていたのに、勘兵衛はとぼけた。

「そうなんですよ。それがまあ、お供もお連れにならずに見えられたんですよ。まあ、いったいどういうことでございましょうね」

下士の娘ならいざ知らず、年頃の娘が一人で出歩くなどは、とんでもないといった口調である。供なら、先で待っていると言いたかったが、先ほどとぼけた手前、言い出せずにいると、

「お帰りのときには、あなた、お屋敷までお送りせねばなりませんよ」

だんだん面倒くさくなってきて、あ、はいと答えて家に入ろうとする背中に、なおも母の声が追いかけてきた。

「あ、それから、手土産に餡ころ餅をいただきましたの。あなたからもお礼を言っておいてくださいね」

それには背中でうなずいて、勘兵衛は家に入った。

驚いたことに座敷では、父が園枝の相手をしていた。園枝の前に出された茶菓は、母手作りの、けんけら菓子である。

「おう、戻ったか。お待ちかねじゃぞ」

父は笑顔で続けた。

「あさっての山王祭に、お誘いにこられたのじゃ。用がなければ、ご一緒して差し上げろ」

言うだけ言うと立ち上がり、土間に立ちすくんでいる勘兵衛の脇を抜けて庭に出ていった。

「さんのさんの祭りにですか」

「はい。お父さまのお許しは、先ほどいただきました」

「はあ、しかし……」

「もちろん、兄も一緒ですよ」

「しかし、七之丞はなにも言わなかった……」

「わたくしが無理に頼みましたの。兄が言うには、いま、勘兵衛さまは、祭り見物などをされる心境ではあるまい、と申しますので、それならば、わたくしがお誘いにいってまいります。だから、そのことは内緒にしてくださいませとお願いしたのです」

はきはきと、通りのいい声で言う園枝が、また一段と美しくなっているのに、勘兵衛は圧倒されていた。

「しかし、なぜ……」

「いや、それは……」

「しかし、ばかりでございますのね」

どうにもかなわないな、と勘兵衛は思った。

「だって、近ごろは一向に我が家にもお見えになりませんし……」

「はあ」

「また、今度は、たいそうなことになってしまって、ますます足が遠のいてしまわれるのではないかと思いますと……」

言って園枝は目を伏せた。その頬が、みるみる酔芙蓉《すいふよう》の花のように色づいていくのを見て、勘兵衛は胸を衝かれた。

(これは……)

うぬぼれではなく、まさに落花流水の情というものではなかろうか。

(しかし……)

今度は、胸の内に、またもそのことばをつぶやいて勘兵衛は思った。

園枝は二百石の家の娘である。較べてこちらは、無役で三十五石にまで落とされた家の嫡子であった。

（もちろん、そのことは、園枝自身が百も承知していよう）

そして勘兵衛は、あれはいつのことだったか、恋とは深く秘する心だ、と胸に刻んだことを思いだした。

「わざと遠のいているわけではないのです。たまたま機会がなかったまでのことで、七之丞は我が親友ゆえ、これからも変わりなくつきあえればと願っています。いや、これからは、できるだけお屋敷のほうにも顔を出すようにいたしましょう」

「ほんとうに」

上げた顔が、ぱっと輝いてまぶしかった。

「お約束でございますよ」

「はい。承知をいたしました。あさっての山王祭も楽しみにしております」

「それから、もうひとつ、お願いがあります」

「はあ、なんでしょうか」

「ええ、それがね……」

いつもの園枝に似合わず、妙にもじもじした。

「あのう、これまでに、わたくし……」

「はい」

「無茶をなさらない勘兵衛さまなど、つまらないと申してきましたけれど……」

「はあ、はあ、そんなことをおっしゃっておられましたな」

「でも、あれは撤回いたします。これからはどうか、決して無茶はなさらないでくださいませ。そのことをお願い申し上げます」

思わず、勘兵衛は苦笑した。

近ごろは、みんなが同じようなことを言う。

きょうも田原や七之丞に言われたし、以前には軽挙妄動をせぬようにと、父からも、落合七兵衛からも釘を刺されている。

皆から言われるということは、あるいは勘兵衛は、今も無茶勘の影を引きずっているせいか、それとも、なにかをしでかしそうな危険な気配を、知らずにまき散らしているせいか。それとも――。

父の讒訴事件に関連して、勘兵衛がなにかやらかすだろう、といったような噂でも流れているのかもしれぬ、と勘兵衛は思った。

3

梅雨寒《つゆざむ》の日が続いたあと、急に蒸し暑さが寄せてきた。本格的な夏も間近だろう。

この六月から勘兵衛は家塾をやめた。家禄を半分に削られたいま、少しの節約にでもなればと考えてのことだが、もう十七歳の勘兵衛には、すでに十分な教育を受けた、という思いがある。

その代わりといってはなんだが、ときおりは七之丞の屋敷に出向き、その後に教わったことを、七之丞から講義してもらうことにした。そうすれば、園枝との約束も果たすことができるのだ。

先月の八日には、園枝に約束したように、日吉神社の山王祭にも出かけた。もっとも、弟の藤次郎を連れていっている。園枝と連れ立ってきた七之丞が、なんともこそばゆそうな顔つきだったが、もっとこそばゆい思いをしたのは、勘兵衛のほうである。

梅雨の晴れ間だろうか、この数日は雨もない。勘兵衛は、雨具の用意をせずに外に出た。きのう、道場の帰りに約束をして、きょうは七之丞の屋敷に行くことになっていた。

　だが、三町（約三百メートル）と行かぬうちに、にわか雨がきた。それも大粒の雨が、ばらばらと降りそそいだ。

　すぐ間近に長屋があって、急いで角の軒先に走りこんだ。そのとき、ふと人の気配を感じた。蒸し暑さのためか、角屋の戸口は開け放たれていた。その小暗い内側で、ちらりと人影が動いたのが目に入った。

「……………」

　この長屋は、城のお台所に働く料理人たちが住むところと聞いているが、いま見た人影は、どうも侍のようであった。

（そういえば……）

　以前にも、この長屋の角屋付近で武士の姿を見かけたことがある。そして、勘兵衛が通りかかると、ふいとこの家に入ってしまった。

　そのときには、料理人との打ち合わせに、お台所役でもきていたのだろう、と思ったのだが、いまの時間、料理人は城に上がって留守のはずであった。

（おかしい）

　そう直感した。

　耳をこらしたが、屋内の人影は、こそりとも音を立てない。こちらの気配をうかがっているような気がした。

勘兵衛は首先をめぐらせ、軒先を左右に走る道を見た。いま、驟雨を跳ね上げている道から右手奥には、我が家が遠く見える。そして左手に続く道は……。そして気づいた。城下へ行くにせよ、どこへ行くにせよ、我が家から一本道のこの場所は——。

(我が家は、見張られておるのか)

そう気づいたとき、勘兵衛は軒先を出て、篠つく雨の中を、猛然と家へ走り戻った。

「父上」

「どうした。そんなに息を切らせて」

「はあ、実は……」

母は台所にいそうだったので、声を落とした。つまらぬことを耳に入れては、心配させるだけだった。

小声で、いましがた気づいたことを父に知らせた。だが、父は驚いたふうもなく、

「放っておけ、気づかないふりをしてな」

「え、それでは……」

父は、とっくに気づいていたのか、と勘兵衛は思った。

「無茶勘が、なにをしでかすかと、よほど心配な御仁がいるのだろうよ」

父は冗談めかして言い、

「まあ、ああやって、こちらがおかしな動きをせぬかと見張っているだけのことだ。放っておけ。決して、どこのなに者か、などと詮索するではないぞ」

そう念を押して、つけくわえた。

「早く着替えるがよい。ずぶ濡れではないか」

4

それから、また一ヶ月ばかりがたった。この年は、六月に続いて閏《うるう》六月が入っている。

だらだらと長かった梅雨も、軒をたたきつける激しい雨と、空を走る閃光と雷鳴の終焉にあわせて、ようやく明けた。空は高く、雲は悠然と流れていく。

勘兵衛は、その日、母に頼まれて犬山に入った。零余子《むかご》をとるためだ。

零余子は、山芋の葉の付け根にできる球状の実で、これを米と一緒に炊き込んだ零余子飯は、なかなかの美味である。勘兵衛は、小さいころから、この零余子を採るのがうまかった。

犬山は、城の南西、飯降山北東の麓地付近を、そう呼んでいる。清滝川を渡り鍬掛村を過ぎると草原に出る。一面を緑に染めた叢《くさむら》が、吹き渡る風にさわさわと音を立てて、身をよじるように波を描いていた。

その草原の上を低く頬白《ほおじろ》が、チチッ、チーチーと鳴きながら飛んでいく。勘兵衛は思わず大きく背伸びをしたい気分になった。

草原を過ぎるあたりから、だんだんに傾斜は強くなって、山道とも獣道ともしれない細道が縦横に分かれている。行く手を塞ぐ藪や蔓草をかき分けながら、勘兵衛は進んだ。

山芋の蔓は、日当たりのよい斜面や灌木を伝って伸びている。その葉裏を探り、勘兵衛は零余子を集めていった。

どれほどの時間がたったのか、右の腰に下げた竹籠が、ほぼ一杯になるほど零余子が集まった。

（はて……）

山芋の蔓を追いながら、登ったり下ったりしているうちに、ふと、自分の居場所がわからなくなっていた。

慎重に空を見上げると、日は山の斜面に対して斜め前方に位置している。まだ正午は過ぎていないはずだから、そちらが東だと判断する。それだけを確かめて、斜面をゆっくり下っていった。

やがて前方に、寺院の伽藍が見えてきた。

(円通寺だな)

その曹洞宗の山寺は、我が家から一里と離れていない距離である。

ずいぶんと歩きまわった気がしたが、それほどでもなかったようだ。道らしい道はなかったが、勘兵衛は強引に斜面を突っ切って円通寺を目指した。

やがて円通寺に近づいたころ、勘兵衛は不思議な音を聞いた。

スコーン、というような、いかにも軽い音である。そのあとに、ザザザと葉擦れの音がして、またカーンと軽い響きがあった。やかましい蟬の声が、ぱたりとやんだ。

(なんだろう)

勘兵衛は足を止めた。円通寺の裏手は小さな竹林になっていて、音は、そのあたりから湧いて出たようである。

耳を澄ましたが、再び音はせず、蟬がまた鳴きはじめた。

(誰かが、竹でも切っているのであろう)

そう考え、歩きはじめてしばらくすると、またも、その音が聞こえてきた。

（ふむ）

今度は、一本の竹が、陽光を緑の葉で照り散らしながら、ゆっくり、ざざーっと倒れ込んでいくのが見えた。

勘兵衛が興味を覚えたのは、竹を切り倒すのに、たった一度きりの音で竹が倒れかかり、そのあとに、また音が聞こえるからであった。勘兵衛は、ゆっくり竹林に近づき、やがて足を止めた。一町半（百五十メートル）ばかり先の竹林の向こうに、小さく人影があるのを見たからである。

その人影は、なにをするでもなく、ただぶらりと両手を下げて、竹林の先に佇《たたず》んでいる。

「……………」

だが、その背からは、強烈な気迫が押し寄せてきて、勘兵衛は思わず息を殺し、目を凝《こ》らした。

男の服装は、紺木綿の法被《はっぴ》に梵天帯である。下は股引に草履ばきで、脇差しを一本、腰に落としていた。どう見ても、中間か小者の服装である。

と、ふいに男の腰が据わった。

と見えた瞬間、男は右足を踏み出しながら逆袈裟に脇差しを鞘走らせた。次の刹那には刀は引き寄せられ、左手で峰を受けた突きの形をとっている。

軽やかな音とともに、見事に両断された竹が落ちてくる。その間にも、男は無言ながら裂帛《れっぱく》の気合いで突きを入れ、鍔《つば》を跳ね上げながら左足を引いて刀を振りかぶった。次には、右足を踏み出しながら真っ向より切り下げる。

竹は地に落ちるより早く、ふたたび両断された。その連続技が、あっという間の早業であった。

（おそるべし……）

勘兵衛は、驚嘆した。

竹と竹との間から、それも一町半もの距離からとはいえ、男の技を、あますところなく勘兵衛の目はとらえていた。

気配を察したか、男がゆっくりと首をめぐらせた。勘兵衛はとっさに草むらに身をかがめた。懸命に息を殺し、気配を消す。

勘兵衛が、これまでに見たことのない居合であった。それも、逆袈裟――。

（あれが、無外流だろうか）

中村小八が逆袈裟に斬られたあと、勘兵衛は田原将一郎から、その名を聞いた。

（あやつが、下手人か）

そうにちがいない。

激しく胸がざわめくのを、勘兵衛は、犇《ひし》と抑えこんでいた。

5

どれほどの時間がたったろう。

勘兵衛は、円通寺から近い農家の道具小屋に身を潜めていた。板張りの隙間からは、円通寺前の道が見通せる。

居合の稽古をしていた男は、必ずその道を使うはずであった。

男の跡をつけるつもりだ。

(いや、凄かったな……)

勘兵衛は道具小屋の、荒莚《むしろ》を巻いたのに背をもたれさせ、先ほど見た居合術を脳裏に再現させた。

まず逆袈裟に切り上げて、すかさず突きの態勢で小手を制する。あれは、第一撃を敵にかわされた場合の備えだろう。それから突きで誘って、敵が前に出たところを切り下ろす。男が使った足運びまで思いだしている。

それにしても、まったく無駄のない動きだった。

(血振りも、完璧だったな)

男は竹を切り下ろしたあと、残心の構えをとって、短く的確な動きで血振りをおこなってから刀身を鞘に収めた。

残心とは、攻撃をしたあと敵の反撃に備える構えであり、血振りは、刀身についた血を払い落とす動作であった。

やがて男が現われた。道具小屋から見た男はやはり、中間としか見えない。風采の上がらない、三十そこそこの小柄な男である。

(人は、見かけによらぬものだ……)

男が過ぎてから、十分な時間をおいて勘兵衛は小屋を出た。畦道を通って道に出る。男の背は二町も先にある。

怪しまれぬように、十分な距離を保って勘兵衛は跡をつけた。男は鶺鴒橋《せきれい》で清滝川を渡り、そのまま東への道を真っ直ぐに進んでいく。

周囲は田畑の一本道だが、その方向には馬場があった。男が勘兵衛に気づいても、乗馬の練習に向かう若侍くらいにしか思わないだろう。

男はやがて左折した。城下町の方向だ。逆に右に曲がれば、八幡神社や篠座社があるあたりだ。

胸を高鳴らせながら、勘兵衛は、男を追った。あの、おそるべき技を使う中間は、どこの家の雇い人であろうか。

間もなく横町、さらに進めば三番町筋というあたりで、今度は男は右折した。最勝寺のあたりである。

男の姿が見えなくなって、勘兵衛はやや足を速めた。

気取られていないとは思いながらも、慎重に気配をうかがってから、角を曲がった。

ちょうど男の姿が、立派な屋敷の長屋門に消えるところだった。

(おう、あれは……)

小泉家老の下屋敷ではないか。勘兵衛は眉をひそめた。

ちょうどそのとき、男と入れちがうように同じ長屋門から、中年の百姓女が出てきた。出入りの農家のものらしく、空になった大きな籠を背負っている。

「ああ、ちょっとお尋ねしたいが、いま、あの門を入っていったお中間は、屋敷のお方であろうか」

女は勘兵衛を見上げ、次に後ろを振り返ってから答えた。

「ああ、あの人なら、小泉さまのお家の人では、ないわいな」

「ははあ、すると……」

首をかしげた勘兵衛に、百姓女は、なぜか声をひそめた。

「名は知らんが、あの人は、ほれ信州の、なんとかいうご兄弟についてきた中間さんだよ」

「ああ、宮崎兄弟のことでござるか」

「そうそう。そのお方たちの、じゃ。で、なにかござったかいのう」

百姓女が興味津津といった表情になったので、

「いや。どうということはない。ちょっと知り合いに似ていたものだから」

そうごまかした。

あれは、三年前になろうか。

信州のどこだったかは、記憶が定かでないが、宮崎三左衛門という旗本の領地の百姓たちが、婚姻の際に祚をつけるという御法度を繰り返した。それがお上の知るところとなって、宮崎家は改易、三左衛門は隠岐に流され、子の小三郎、助三郎の兄弟は、この大野に禁錮されることになった。

その宮崎兄弟の監禁場所が、小泉権大夫の下屋敷内であった。あの中間は、兄弟に従って大野にやってきた者らしい。

「…………」

関連ははっきりしないものの、中村小八の事件に、家老の小泉権大夫が嚙んでいた可能性がある。勘兵衛は緊張した。

（ふむ……）

踵《きびす》を返し、家路をたどりながら、勘兵衛は考え続けた。

6

「なに、おまえの屋敷が見張られているというのか」

七之丞が、驚いたように勘兵衛を見た。

「うん。まちがいない。城の台所に勤める料理人が住む長屋があって……」

勘兵衛は場所を説明した。

「といって、そこに住みついているわけでもなさそうだ。おそらくは交代しながらのことと思うが、いったい誰の手の者か、それを知りたいと思ってな」

「当然だ。まあ、だいたいの見当はつくが」

勘兵衛はうなずいた。

「もちろん、見当はつく。しかし、やはり確かめておきたい。それも、相手には気取られぬようにな」

「それもそうだ。で、どうする」

「我らは、当然顔を知られているし、跡をつけるというわけにもいかん。なにかいい手はないだろうか」

　父からは放っておけと言われたが、あの凄まじい居合の遣い手が、小泉家老の下屋敷の門内に消えるのを見て以来、勘兵衛は、臓腑の底から沸沸とたぎりくるものを止められずにいる。だが、男の居合を見たことは、誰にも言わず、胸の奥底に納めていた。

　七之丞にも話す気はない。うっかり外に漏れれば、あの男の消息が消えてしまうおそれがあった。

「よし。源吉に頼もう」

　七之丞が言った。

「え……」

　源吉は塩川の家に仕える下男で、白髪頭の老爺である。

「そりゃ、源吉さんなら目立ちはしないだろうが……」

大丈夫なのか、と危惧する気持ちが強かった。

「なに、ああ見えても」

七之丞は笑った。

「元は伊賀者でな。忍びの術も心得ているんだ」

「ほう。そうなのか」

ということになった。

で、数日を経ずして結果が出た。

「やはり小泉だ。下屋敷のほうらしい」

七之丞は、鼻をひくつかせながら言った。

源吉の調べによると、見張りの人数は二人が一組で、夜の四ツ（午後十時）と、朝の四ツ（午前十時）に交代があるらしい。

「で、次はどうする」

「どうもしないさ」

勘兵衛は笑った。だが、その実、腹の中は煮えくりかえっていた。

「相手が誰かわかっただけで、十分だ。彼を知りて己を知れば、百戦して殆《あや》うからず、だからな」

勘兵衛が孫子の一節を言えば、七之丞も、すかさず続きを諳んじた。

「彼を知らずして己を知れば、一勝一負す。彼を知らず己を知らざれば、戦う毎《ごと》に必ず殆うし、ということか」

そうだった。藩随一の権力者を相手にするなど、あまりに己を知らなさすぎる。

はからずも、二人してそのことに気づき、互いに顔を見合わせた。

そして七之丞が言った。

「君子危うきに近寄らず」

「そういうことだな」

「しかしなあ……」

七之丞がうめくように言った。

「次男とはいえ、俺は目付の家のものだぞ。それが、こんな体《てい》たらくとは、なあ」

目付は、塩川の家の家職である。

勘兵衛も喉元から胃のほうへ、無力感がだらだらと落ちこんでいくのを感じていた。

転回

1

八月一日は八朔《はっさく》といって、祭日となる習わしがあった。

農村では、刈り入れ前の新穂を神前に供える儀式があったし、農家以外でも、この日は、稲の新穂を贈答して祝うことになっている。稲の新穂は田の実であるから、「たのみの祝い」などとも呼ばれ、今後ともよろしく頼みます、といった意味合いがあるのである。

例年であれば落合の家にも、孫兵衛の配下だった小役人たちがやってきて、勘兵衛の母はその応対に追われていた。だが、無役となった今年は、誰もこない。

(そういったものだ……)

近ごろ少し虚無の影が出てきた勘兵衛は、小さく唇をゆがめるのだった。

と、そんななか、今崎屋の手代が父のところへ挨拶にやってきた。それが唯一の客であった。

去年の夏の初め、父が今崎屋から手代の源次を呼んで、箱ヶ瀬村のことを話題にしていたようだが、あれは、どのような内容だったのか。ちょうどいい機会だと、勘兵衛は考えた。

あれから中村小八は斬られ、父は冤罪を得て無役に落とされている。その呼び水になるようなことが、そのときの会話に隠されているのではないか。

いや、もうすでに、勘兵衛のなかでは事件の真相ともいうべきもの、悪しき図式と呼ぶべき印象が形作られている。源次への接触は、その底気味《そこぎみ》を固める材料であった。

だからといって、なにごとか事を起こしてやろうという意識まではない。

父は、家が大事と口をつぐむ様子だし、中村小八の死の真相を探る、などと大言していた文左にしてからが、近ごろでは宮仕えに汲汲としている様子にしか見えない。

（そして、七之丞も、利三も……）

伊波利三のことを心に浮かべて、勘兵衛は寂寥感にとらわれた。

この正月、利三から便りがきたが、そこには吉原に遊んだというような馬鹿馬鹿しいことしか書かれていなかった。文左の父の死に対しても、あまり関心を寄せていないような文面だった。

そのことに面白くないものを感じて、勘兵衛は返事を書かなかった。だから、お互い様といえばお互い様だが、利三からも、それ以来、便りはない。

(だが――)

勘兵衛の家が、いま陥っている状況を、利三は知らぬのか。そんなはずはないと思う。だが、便りはやはりこない。

(ぼやいていても、はじまらぬわ)

源次の挨拶が終わりそうな気配に、勘兵衛は先に外に出た。そして、源次より先に、ゆっくり道を辿っていった。

とりあえずは、我が家が、なにがどうなって、このようなことになったのか。それだけは、はっきりと知っておきたい。それが目的だった。

例の長屋の前を、素知らぬ顔で通りすぎる。いまも二人の見張りが、あの中で息を殺しているにちがいない。

思いのほか早く、源次が勘兵衛に追いついてきた。

「ああ、坊ちゃま、お出かけでございますか」

「もう、坊ちゃまでもないだろう」

源次の足は速い。歩調を合わせながら、勘兵衛は笑った。

「ところで源次さんは、箱ヶ瀬村の出身だと聞いたが」

「さようで。持穴村というところでございます」

「ふうん。実家の御家業は百姓かね」

「いえ、我が家は金掘師の家で」

「ほう、どういったことをするんだ」

「名のとおり、鉱石を掘るのでございますよ。といって自ら掘るのではございませんが……」

掘子や水引、家事や砕女といった大人数の人夫を抱えて、それを采配する家らしい。

だが、村の戸数は昔から六十三戸と決められているから、どれほど大きな家でも分家は許されず、次男、三男に生まれた者は、人夫に組み込まれるか、村を出て奉公に上がるしかないのだという。

「ふうん……。そういえば、去年のことだったが、親父と、故郷のことを話してはいなかったか」

「はい、はい、そうでございましたな」

「どういった話だったんだ」

「これといって、格別なことは……。近ごろ、村の家業のほうはどうか、と尋ねられまして、おかげさまで、ますます忙しくなっているようです、とお答えいたしましたが」

「それだけか」

「はい。それくらいのものでございました」

聞くべきことは聞けた、と勘兵衛は満足した。

2

あと十日で先祖の精霊迎え、という日、大目付の斉藤利正から使いがきて、今夜五ツ（午後八時）に代官町の屋敷にくるようにとの口上があった。なお同じ口上は、柳町の落合七兵衛のところにも行っている、と使いは言い添えて帰っていった。

「なにごとでございましょうか」

「さて」

梨紗の顔が青ざめているのを見て、落合孫兵衛は笑った。

「そう、心配をするな。たいしたことではなかろうて」

「さようでございましょうか。相手は、大目付さまでございましょう」

「それはそうだが、仕置きであれば、屋敷に呼ぶことはなかろう。呼び出す先は評定所になろう」

「そういうもので、ございますか」

妻は首肯したが、はて……、と実のところ孫兵衛は不安を抱いている。

すでに一旦は決着がついたように見えたが、その後、小泉家老が巻き返して、どんなふうに事態が転がったやもしれぬ……。


父母のやりとりを耳にしながら、勘兵衛も小さな不安を感じていた。

父が、大目付に呼ばれたのは、新たな咎《とが》を受けるためか、それとも……。

このところ勘兵衛には、父に内緒で動いた、あれやこれやの覚えがあった。その行動が、目付衆に察知されたのかもしれない。あるいは、まだ気づいていなかった見張りが、別にあったのかもしれない。

勘兵衛の動きを不快に思った小泉家老が、大目付にねじ込んで、そのことで父が叱責を受ける可能性も考えられた。

勘兵衛の胸には、後ろ暗い思いがわだかまっている。

ふと、父と目が合った。

穏やかに笑う父の目を見て、先に目をそらしたのは、勘兵衛のほうだった。

3

久しぶりに裃に袖を通し、孫兵衛は家を出た。提灯の準備はして出たが、空の三日月は十分に夜道を照らしていた。

だが、月のすぐ近くにある叢雲《むらくも》が、いやにどす黒くて不吉だった。

斉藤の屋敷には、指示された刻限より、わずかに早く着いた。

「皆さま、お揃いでございます」

孫兵衛を玄関に出迎えた斉藤の家士は、孫兵衛を奥の座敷に案内しながら言った。

案内の家臣が、とある襖の前でひざまずいたので、孫兵衛もそうした。

「落合孫兵衛さまを、ご案内いたしました」

家臣が言うと、奥から「通せ」と声がした。よく通る、その渋い声は大目付のものと知れた。

部屋には、三人の男がいた。すべて顔見知りである。

「挨拶はよい。楽にいたせ」

案内の家士が後ろで襖を閉めるのを待って、平伏して挨拶を述べようとした孫兵衛に、斉藤利正が言った。

残る二人は、落合七兵衛と丹生彦左衛門である。

(なぜ、丹生が、ここに……?)

丹生は、かつて道場での同門であり、倅の勘兵衛が元服の際には、烏帽子親をつとめてくれた男である。

「さっそくだが、用件に入ろうか」

大目付は言い、孫兵衛はうなずいた。

「ここの二人だが……」

斉藤は、落合七兵衛と丹生彦左衛門の二人に視線を送り、再び孫兵衛を見て、

「今夜の、立会人と思ってくれればいい」

「立会人、でございますか」

「うん。今のところはな」

ちょっと理解しがたいことを言う。

「今夜は、ひとつ、そのほうに相談がある」

「はい。なんでございましょう」

「先の沙汰を出してより、はや半年が過ぎた。そこで他でもないのだが、そのほう、隠居をする気はないか」

「隠居でございますか」

孫兵衛は、虚を衝かれた思いであった。

隠居といわれても、孫兵衛はまだ四十三歳である。すぐには返事ができなかった。

「まあ、突然に、このようなことを言うて、そのほうがとまどうのも無理はない。じゃが、子細はこうじゃ」

「はい」

「先の件では、心ならずも、ああいう仕儀に相成った。そのほうも、さぞ無念であったろうな」

「ははあ」

大目付から、思いもかけない温情あることばをかけられて、孫兵衛はその場に平伏した。熱いものが胸に満ち、胸だけではおさまりきらない熱が、目の奥にまで這い上がってくる。

「そこで考えたのじゃ。どうじゃな。そのほうが隠居して、嫡子の勘兵衛に家督を譲れば、すべてが丸く収まる。家禄をすぐに元に戻すというわけにはいかんが、勘兵衛には御役が与えられる。なお、このことは、間宮家老も承知のことじゃ」

「ありがたき幸せでございます。さっそくにも隠居をいたしますほどに、なにとぞ、よろしくお取りはからいくださいますよう、お願い申し上げます」

孫兵衛には、一も二もなかった。間宮家老と、斉藤が、先の評定の場で孫兵衛に味方してくれたことは、噂で知っている。

「お二方にも、お尋ね申す。この件に異存はなかろうか」

斉藤の問いに、落合七兵衛は、ありがたきことでござる、と答え、丹生彦左衛門は、もちろん異存はござらぬ、と嬉しそうに答えた。

「いや、これで拙者の肩の荷も下りた。そこで、お二方には、改めてお願いがござるのじゃが」

どのようなことか、と二人が異口同音に言うのを受けて、斉藤はこう言った。

「小泉どのは古参の家老ゆえ、こちらとしても無用の摩擦は避けたいところじゃ。そこで、今回の落合孫兵衛の隠居の一件だが……」

縁戚にあたる落合七兵衛と、勘兵衛の烏帽子親にあたる丹生彦左衛門とが、孫兵衛の隠居と引き替えに、孫兵衛に代わって倅の勘兵衛に復役を願い出た、というかたちをとってもらえまいか、と言うのである。

「なにしろ、いずれも物頭というお歴歴じゃ。拙者にしても、間宮家老にしても、物頭二人揃っての嘆願ならば、無下に断わるわけにはいくまい、という寸法じゃが、どうであろうな」

わたくしめは、かまいません。望むところ、といった声が、七兵衛と彦左衛門から、ほぼ同時に出た。

「これでよし。まとまったの」

斉藤利正は上機嫌に言った。

それから、もう少し孫兵衛とは話があるので残ってくれと言ったので、落合七兵衛と丹生彦左衛門が、先に引き上げていった。

4

座敷では、斉藤利正と落合孫兵衛の二人だけになった。だが、斉藤はなにも言いださず、茫洋とした表情のまま、膝の上で、ぱちん、ぱちんと扇子を鳴らしている。

孫兵衛には、重苦しいひとときであった。

やがて、落合七兵衛と丹生彦左衛門が立ち去った襖の向こうから、

「お二方とも、屋敷をお引き上げでございます」

と家士の声がした。

「あいわかった」

言うと斉藤は立ち上がり、

「そなたも、こちらの座敷に移られよ」

自ら襖を開けて、次の間へと孫兵衛を誘った。

その座敷には、袖無し羽織を着た別の人物がいた。年は、孫兵衛よりは若く見える。眉は太く、目は細い。浅黒く中高な顔は猛禽類を思わせた。

「お引き合わせをいたそう。こちらは、間宮定良さまじゃ」

孫兵衛は、あっ、と思った。すぐに平伏して、

「落合孫兵衛でござります。なにとぞお見知りおきを、お願い申し上げます」

と挨拶した。

新進の家老は、元は江戸の御留守居役であった。そのため孫兵衛は、これまで顔を知らなかったのである。

「よい、よい。気楽にいたせ。それより今夜は、互いに腹蔵なく、胸の内を明かしあ

おうぞ」

（はて）

頭上に間宮家老の野太い声を聞きながら、孫兵衛は首をひねっている。いったい、どのようなことを明かしあおうというのか……。

「江戸にな……」

顔を上げた孫兵衛を、ひた、と見据えて間宮は言った。

「長谷部《はせべ》連以《れんじ》という、御祐筆役がおる」

「ははあ」

「…………」

だが間宮は、それきり無言で、じっと孫兵衛の顔を見つめている。仕方なく、孫兵衛は尋ねた。

「その長谷部さまが、なにか？」

「ふむ。その名に、心当たりはないか」

「いえ、一向に。はじめて聞く名のように思われますが」

「そうか、知らぬか」

間宮は、大目付の斉藤と目を合わせた。

「長谷部というのは、中村小八の係累じゃ」

「え……」

思わず孫兵衛の表情が動いたのだろう。

「そうか。ほんとうに知らなんだか」

少し顎を突きだして、間宮はうなずく。孫兵衛は、なにか自分が試されているような気がした。

「実はな。昨年の八月、その長谷部の許《もと》に中村から密書が届いた。届けたのは、この地の商人でな。江戸へ出るのを知って中村が頼んだものらしい」

「…………」

「そして、その密書には、容易ならざることが書かれておった。面谷銅山についてじゃ。密書には、細かな数字を具体的に記した調書も付されておった」

「…………」

(おう、そういえば、確か、あのとき——)

——他にも手は打ってある。

中村小八はそう言ったな、と孫兵衛は思いだしていた。あのときは、つい聞き流していたが、中村小八が打った手とは、その密書のことだったらしい。

「中村の密書の内容に驚愕した長谷部は、それを江戸留守居役の、松田与左衛門どのに託した……」

「松田さま、にでございますか」

孫兵衛は、思わず目を閉じた。

(それは、いかにもまずい。まずすぎる……)

松田与左衛門は、先の若君擁立の際に、小泉家老と同盟を結んで、乙部勘左衛門に立ち向かった仲である。二人は、いわば盟友ではないか。

(そうか)

それで中村は斬られたのだ……

そんな孫兵衛の心の動きをよそに、間宮家老の話は続いた。

「松田どのは、ひそかにことの真偽を確かめるべく、忍び目付を放たれたようじゃ」

「………」

藩主直属の、そのような役職があるとは聞いていたが、それが誰なのか、孫兵衛にはわからない。

「そんなさなか、中村小八が横死した」

そう、あれは九月の十日であったな、と孫兵衛は思い出す。

「皮肉なことではあったが、そのことで、中村の密書は、ぐんと信憑性を増した。ところが、なかなかに動かぬ証拠を押さえられぬ。それに、なにしろ相手がマルコであるからして、これがなかなかにむずかしい」

間宮が言うマルコとは、小泉家老のことであろう。

「江戸にも、マルコの飼い犬はいるようでの。いち早く松田どのの動きに気づいたようで、江戸を離れた者がいた。これはのんびりとはしておれぬと、松田どのも密使を走らせた。その密使が我が屋敷に着いたのが、この一月十六日じゃ」

言って間宮家老は、細い目を、さらに細めた。笑っているらしい。

「一月十六日と申しますと……」

「そうじゃ、そのほうが評定所に押し込められた日であったの」

「…………」

その密使こそ、松田与左衛門の用人、新高陣八であった。新高が間宮定良に松田の密書を手渡したあと、倅の勘兵衛に伊波利三からの手紙を届けていたことなど、孫兵衛は知らない。

「いやはや、危ないところでござったよ」

今度は、大目付の斉藤が言った。

「間宮さまに呼ばれて、松田さまから、かくかくの書状が届いたと聞かされたときは、まさに驚天動地の思いじゃ。中村と、そのほうになんらかの繋がりがあることは横目から聞いておったが、その裏に、陰謀が隠されておったとは、まるで気づいておらなかったからな。もし、密使の到着が、あと数日でも遅れていれば……」

「………」

「間違いなく、そのほうは詰め腹を切らされていたであろうな」

二人の話に、孫兵衛は呆然としていた。

（すると……）

松田さまは、小泉家老と盟友どころか、我が命の恩人ということになるのか……。

頭の中に、濃い白霧が立ちこめたようで、うまく考えがまとまらない。

そんな孫兵衛の心の裡を読んだように、間宮家老が言った。

「松田どのは、忠義一筋のお方じゃ。我が藩を御養子に相続させまいと懸命に働き、若君が生まれてのちは、これをお世継ぎにと努力された。そのためにマルコと組みはしたが、だからといって不正を許すようなお方では、断じてない。そこのところは信じてよい」

言われて孫兵衛は、我が不明を恥じるばかりであった。

5

それからあとは、間宮家老が最初に言ったように、互いに腹蔵のない話し合いとなった。

孫兵衛が、中村小八との出会いにはじまり、なにゆえ面谷銅山の小物成に首を突っ込むことになったのか、さらにその後の経過というふうに、尋ねられるままに話せば、間宮のほうでも、

「これは、これまでの調べで明らかになったことだが、小泉家老には、江戸のころ、ある商人から大きな借財があることがわかった」

間宮は、今度ははっきりと小泉の名を出した。

「さらに山路のほうじゃが、あやつ、比丘尼《びくに》町のほうに若き妾を囲っておってな」

それぞれに、不正をはたらく動機ともいえる心証が出てきた。

間宮は、さらにことばを継いだ。

「すでにご参府の殿には、松田どのより、すべてを明かしてござる。そして殿は、徹底糾明を指示されておる」

孫兵衛は、これまで眼前に立ちこめていた、深いふかい霧が、清清《せいせい》と晴れていく思いであった。

「とはいうものの、上意をもってしても、簡単に口を割る輩とは考えられん。糾明には、確かな証拠が必要じゃ。しかも、ことは極秘裏に進めねばならぬ。じゃが、これがなかなかにむずかしい。どこに小泉の、あるいは山路の息のかかったものが、ひそんでいるとも知れぬからの」

間宮は、今度も、はっきりと二人を名指しした。

そう。誰が敵で、誰が無色か、それがわからぬから、中村も孫兵衛も苦労したのである。

「小泉と山路のほかにも、大きな鼠が巣くっているやも知れぬ。このいぶり出しには、まだ、相当の時日を覚悟せねばならぬ」

「そうでありましょう。及ばずながら、と申し上げたいところでございますが、なにしろ拙者には、四六時中、見張りが付いております次第で……」

「そうであったな」

間宮家老が笑ったので、孫兵衛は、そうか、すでにそこまで調べがついていたのか……と驚いた。同時に、この家老と大目付は本気だ……十分に信頼できると、孫兵衛は思った。

　そして家老が言った。

「あの見張りは、小泉の家のものぞ」

「やはり、さようでございましたか」

「うむ。そこでな。この斉藤が、面白いことを考えつきおった」

「はて、なんでございましょう」

　それには、斉藤が答えた。

「そなたに、見張りがついているというところが狙い目じゃ」

「はい」

「まあ、いま、すぐということではない。そうよの。来年の春ぐらいが適当と思うが……」

　斉藤は、ひとつの策を話しはじめた。

「それは、面白うございますな」

　聞き終えて、孫兵衛は言った。

「じゃが、そなたには危険がつきまとうことになる。もちろん、ひそかに護衛はつけるつもりだが……」

「なんの」

孫兵衛は、喜び勇んで言った。

「まだまだ腕には、覚えがあり申す。ぜひ、わたくしめに、その役を」

「では、引き受けてくれるか」

「もちろん、喜んでお受けいたしまする」

「わかった。もしそれまでに、動かぬ証拠がつかめればよし。どうしてもつかめぬ時には、そのように頼めるか」

孫兵衛は顎を引いた。

「ま、これは、言わずもがなのことであるが、ここでの話は、家族といえども漏らすでないぞ」

「当然でございます」

「うむ。いかい話が長うなった。見張りの者どもも怪しんでいるかもしれぬ。気をつけて帰られよ」

斉藤のことばに、なるほど、斉藤が話した策を半年も遅い来年の春に選んだのは、今夜の自分の動きを察知するにちがいない相手に対し、その程度の冷却期間は必要と踏んだのであろうな、と孫兵衛は思った。

峠の刺客

1

城下がりの太鼓が鳴って、勘兵衛は、帰宅の途についた。

いつものように、曲がりくねりながら続く二ノ丸から三ノ丸への階段を下りるとき、坊主木が多いことに気づいた。いつの間にか、落葉が終わっている。

まだ九月だが、今年は閏六月があったためで、この分では十月にも初雪がきそうであった。

（それにしても……）

紅葉にも、落葉にも、まるで気づかなかったな、と勘兵衛は改めて思う。

あわただしいというか、思いがけぬというか、あまりにいろいろなことが、この一月半ほどの間にあった。

まずはじまりは、父が突然に隠居を言いだしたことだ。家督を勘兵衛に譲ると言う。父が大目付の屋敷から戻った夜のことだった。

縁戚の落合七兵衛と、烏帽子親の丹生彦左衛門の両名が揃って、無役の落合家にふたたび御役をと、嘆願がなされた結果だそうだ。そして、その願いを受け入れる条件が、父の隠居だった。

自分が御役につく、などということは、まだまだ先のことだと思っていたし、あるいはこのまま、ずっと無役のままで生涯を終わるかもしれないとも思っていたから、正直嬉しかった。無役で、俸禄だけを食《は》んでいくというのも心苦しいものだ。

父は、さっそく藩庁に隠居と家督相続の願いを提出した。願いは、すぐに受け入れられたが、勘兵衛への辞令は、なかなか出なかった。

その間、なにを思ったか、父は勘兵衛に剣の手合わせをしようと言いだした。隠居して、身体がなまっても困る、というのが理由だったが、父は父なりに、なかなか出ない辞令に苛立っていたのかもしれない。

菜園横を臨時の道場として、親子は竹刀を持って立ち会った。驚いたことに、父の太刀筋は鋭く、気魄がこもっていた。

稽古を重ねるごとに昔の勘が戻ってきたか、父は、だんだんに油断のできない相手になっていく。だが、勘兵衛の技量のほうが一段、勝っていた。

「いや、おまえが、これほどの腕とは知らなんだ。父として嬉しく思うぞ」

二度、三度と勘兵衛に打ち負かされた父は、そう言って、勘兵衛を誉めた。父との稽古は毎日のように続き、裂帛の気合いが庭中に満ちた。

そんななか、勘兵衛は、ひとつの噂を聞いた。今崎屋の源次が、行方不明になったというのだ。

気になって、今崎屋まで行って確かめたところ、源次は八月十四、十五日の藪入りで、実家のある持穴村へ帰ったという。だが、それきり店に戻ってこないというのだ。店からは、源次の実家に使いをやったところだから、使いが帰ってくれば、もう少しはっきりしたことがわかるだろう、ということだった。

（あるいは、あのせいか）

八朔の日、勘兵衛は源次をつかまえて、父との会話について確かめたことがある。まさかとは思うが、見張りがそれを見とがめて、ひそかに源次を消したのではないか。藪入りで源次が実家へ戻る道筋は、まさに中村小八が襲われたときと合致するのである。

(俺のせいか……)

勘兵衛は心を痛めたが、その後の源次の消息を確かめることはしなかった。これ以上の詮索は危険と感じたこともあるが、それどころではない流れが勘兵衛の動きを封じた。

折も折、恒例の村松道場との交流試合に、勘兵衛が選ばれたからだ。

この夏のはじめ、勘兵衛は荒れていて、次席の田原将一郎から、きつく叱責をこうむっていた。だから今年も選ばれることはなかろう、と思っていただけに、喜びもまた一入《ひとしお》であった。試合に向けて、一段と稽古に打ち込むうちに、源次のことは忘れ去られていったのだ。

その交流試合に、勘兵衛は先鋒として、高井兵衛にあたることになった。高井は昨年の交流試合で、坂巻道場五位の守屋新兵衛と戦い、二本を先取して勝った人物だった。

その守屋は、今回は中堅の一人として、山路亥之助にあたる。勘兵衛は、師範代の広瀬栄之進に、自分を山路にあたらせてくれるよう頼んでみた。

——どうしてだ。

と広瀬は、ぎろりと勘兵衛を見た。

まさか、あの亥之助を、完膚無きまでにたたき伏せてやりたいとは言えない。勘兵衛が無言でいると、広瀬は短く言った。

――遺恨試合は許されぬ。

広瀬が、昔の清滝神社の一件を知っているはずはないから、きっと、互いの父の因縁のことを言ったのだろう。

そういったことには無頓着な広瀬が知っているくらいだから、郡奉行の山路と、元郡方の父との軋轢は、よほど広まっているらしい、と勘兵衛は思った。

そして試合の日がきた。

高井兵衛との先鋒同士の戦いは、二本先取して勘兵衛が勝った。守屋新兵衛は一勝一敗のあと、山路亥之助に敗れた。その試合を見ていて、思い上がりではなく、自分なら亥之助に勝てた、と勘兵衛は思った。

守屋が敗れたあと、残る二人の中堅は一勝一敗で、最後は大将同士の決戦となった。

坂巻道場の大将は田原将一郎で、村松道場の大将、早坂長兵衛に一本を取られたが、二本を連取して今年の交流試合は、坂巻道場に凱歌が上がった。

勘兵衛に辞令が下りたのは、その交流試合の翌日である。

下された役は、御供番。これには勘兵衛だけではなく、父の孫兵衛も驚いた。それは、落合家の家職が郡方であったからだが、単に、それだけではない。

御供番というのは、藩主外行の際に馬前に立って、藩主の護衛にあたる役だ。つまりは近習である。

護衛という役目柄、人選は武術優秀者からというのが基本だが、いくら強くても家格が優先される。元は七十石とはいえ、現在は三十五石、普通では考えられない人事であった。

ともあれ、三日のちの指定日には城に上がり、勘兵衛は御供番頭の沓籠《くつかご》押二《おうじ》の配下に入った。御供番は、大野に三十二名、江戸に十三名いるが、藩主が在府中のため、仕事らしい仕事というのは、ほとんどない。

それでも、三日に二日は登城する。御供番詰め所は二ノ丸、藩主居館脇にあって、道場を併設している。

そこで、日日の鍛錬がおこなわれる。それが仕事のようなものであった。

城下の武芸達者が集まっているから、なかなかの壮観である。弓の達者もいれば、槍の遣い手もいて、ちょっとした梁山泊の雰囲気をかもしだしていた。

そんななか、勘兵衛は最年少である。

だからというわけでもなかろうが、皆からは、思ったより好意的に迎えられたような気がする。こうして城に上がるようになって、そろそろ半月がたとうとしていた。

2

御供番の先輩に、島田覚之丞という男がいた。

三十になるかならぬか、蟹のように四角く平べったい顔をしているが、笑うと愛嬌のある顔になる。

その島田が関口道場の師範代を務めていると知って、勘兵衛は機会をうかがっていた。

関口道場といえば、田宮流の居合であった。この大野に禁錮中の、宮崎兄弟の中間の居合術を見て以来、頭から離れぬことがあった。

やがて、その機会がきた。

「島田さま、お教え願いたいことがございますが、よろしゅうございますか」

島田との稽古試合のあと、勘兵衛は言った。竹刀を用いての尋常の試合では、勘兵衛が勝っている。

「いや。おぬし、聞きしにまさる天才剣士じゃ。それで十七とは、末恐ろしいわ。その落合どのにお教えすることなど、なにもないと思うがの」

不思議なことに、島田が言うと、まるで嫌みに聞こえない。

「そんなにお褒めいただくと、恐縮いたします。いえ、お教えを乞いたいのは、居合のことで」

「なに、そなた、居合にまで手を伸ばそうというのか」

「そういうわけではございませんが、実は先年……」

正直に言うと差し障りが出そうであったので、勘兵衛は、少しばかり事実を歪曲して言った。

「あれは土布子《つちふご》村近くであったと思いますが、筍を掘りに行った折、竹林で凄まじい居合を見たことがございます」

「ほう。どこの流派じゃ」

「いえ、わたくしは居合をしたことがございませんので、それはなんとも……、あるいは田宮流かもしれませんが」

「ふうむ。で、どんなであった」

幸い島田は、勘兵衛の話に興味を示した。

「一度きりの見覚えでございますが、ちょっとやってみましょうか」

言って勘兵衛は、道場の壁から木刀を一本、選びだした。誰もいない山中で、すでに幾度か真似たことがある。

だが島田は、「待て待て」と言い残し、どこからか鞘つきの木刀を持ってきて言った。

「居合というのは、いわば抜刀術だ。有事の際に、刹那で身を守り、雌雄を決する。だから真剣が常のこと、稽古においても鞘つきでなければ話にならん」

「なるほど、そのようなものでございますか」

感心しながら、鞘つきの木刀を受けとったが、そのようなものを見るのも、手に取るのも、これが初めてであった。とにかく、受けとったものを腰に差した。

一度、二度と、左手の親指で鯉口を切る仕草をしてみた。

（なるほど、よくできている……）

人を相手に真剣を抜いたことはないが、抜刀、収刀の稽古は、怠りなくやっている。

木刀とはいえ、よくできていた。

息を整え、脳裏に、あの連続技を一通り描ききってから、勘兵衛は、すっ、と腰を落とした。落としながら鯉口を切り、木刀の柄を握る。

握ったと同時に、右足を踏み出し逆袈裟。刀身を引き寄せ左手で受けて、突きの構えを見せて敵を牽制し、隙ありと見るや間髪を入れずに突きをくれ、鍔を跳ねあげながら左足を引く。そのときにはもう、刀身は頭上に振り上げられている。そして右足を踏み出しながらの袈裟切り。そして残心。

見よう見まねの血振りをしてから、鞘に収めた。

あの男ほどの迅速さはなかったろうが、まずは無難にやり遂げた。

「ざっと、このような感じでございましたが」

見ると、島田は目を剝いていた。

ほかにも、見物にまわっていたらしい同僚が、勘兵衛のほうを驚いた表情で見ている。

(これは、まずかったかな)

変に噂にならねばいいが……と思ったが、もうすでに遅い。杞憂となればよいが。

島田が言う。

「土布子村の近くといったが、いまの剣を遣ったものが誰か、存じおりの者か」

「いえ、知らぬ男でございました。それも遠目で……」

「ふむ」

島田は、しばらくの無言のあと――

「おそらくは、無外流、おぬし、その名は知っておるか」

「聞いたことはございます。なんでも、辻なにがしという武芸者が、江戸にて開いた新流派とか……」

「そのように聞いておる。我が流派で言えば、走り懸《が》かりの技に相当するが、見たところ、逆袈裟と突きに、大いなる特徴がありそうじゃ。ところで……」

四角な顔で、勘兵衛をじっと見つめたあと、

「おぬしが見たのは、ええと、正確には、いつごろのことだ」

勘兵衛は、慎重に考えてから答えた。

「あれは、昨年の夏の初めごろでしたが」

「ふむ……」

それから島田は、目配せで勘兵衛を道場の隅のほうに誘った。そして少し小声になった。

「実は、その無外流については、我が師の関口弥太郎より聞いた。ほれ、昨年のことだが、郡方の者が若生子の番所付近で斬られたことがあっただろう」

「覚えております」

勘兵衛との関連を、島田がなにも知らぬらしいのが幸いだった。

「その遺骸を、関口先生は見たそうだ。そして無外流のことを言われた。あのときの下手人は、まだわからぬようだが、案外、おぬしが見たという男かもしれぬな」

「ははあ、そうかもしれませんね」

「うむ。時期的にも一致しそうだ。そうか。すると、刺客は江戸からやってきた、ということになるのか……」

島田の想見は、だんだん逸脱していくかに見えたが、

「いや。ところで、なんだったかいの。教えてほしいことというのは」

やっと、本筋に戻ってくれた。

「他でもありません。あの居合を見て思ったのですが、もし敵から、あのような技で立ち向かってこられたとき、どのような工夫あらば防ぎきれるか、ということをご教示願いたかったのです」

「それはまた、熱心なことじゃ。いや、よい心がけと言おうか。そうじゃな。先ほども言うたが、居合というのは、いざという場合に刹那で身を守るためのものだ。たとえば、座敷に座っているところを敵に襲われる。その場合は、座位から刀を抜かねばならぬ。要するに人を切り倒すことが目的ではなく、身を守ることが目的なのだ」

「ははあ、なるほど」

口では相槌《あいづち》を打ちながら、勘兵衛は少少もどかしく思った。

「だから、居合の奥義は鞘《さや》ノ内《うち》というて、気力気魄で相手を圧倒し、敵に刀を抜かせぬことにある。だが、それがかなわぬときは、鞘放れの一刀で勝ちを制する。それが居合の至極であるな」

「と、いうことは、最初の一撃さえ躱《かわ》すことができれば、ということになりますか」

「ハハ……、こりゃ痛いところをつかれたな」

島田は破顔した。

「ま、躱せれば、の話じゃがな。躱された場合に備えて続く技があるのだが、正直なところを言うと、こちらが居合を遣うことを、敵が知っておるかどうか、も問題になるな。抜けば倒すのが居合の鉄則、剣術とは、そのあたりがちがっておるかな」

なるほど、と勘兵衛は得心した。

「いや、いろいろとご教示をありがとうございました」

そんなやりとりがあったのが、きょうのことである。

そのきょうになり、城の木を見て、すでに落葉が終わっているのに気づいたのは、勘兵衛の心のうちに、ゆとりに近いものが生まれたせいであろうか。

島田に教えられてわかったことは――。

相手が居合を遣うとあらかじめ知っていれば、さほど、おそろしい剣でもなさそうであること。また、こちらから仕掛けていかないかぎりは、無害な剣にも思えること、であった。

(しかし……)

中村小八のときのように、背後から、いきなり襲われたときには……。

よほど早く、殺気を感じることが肝要か……。

道々、そのようなことを考えながら、清滝川畔の屋敷に戻ると、父と弟の藤次郎が、庭で竹刀を交わしていた。

藤次郎も、勘兵衛と同じ坂巻道場で二十位以内に入っている。その藤次郎が、父に胴を入れられた。

「一本!」

勘兵衛は、大きく右手を挙げた。

3

また雪がきた。この冬の雪は、いつもと変わりなく見えながら、これまでと様相がちがっていた。替地で、河畔に越してきたせいだった。

川風の影響で、積もった雪がふたたび舞い上がり、地吹雪のように視界を閉ざす。風はすさび、雪は狂ったように舞い上がるのである。

だが、明けない朝がないように、やがて雪解けがきて、春はくる。昨年の閏月の影響で、正月前には雪解けがはじまり、二月半ばには、はや桜のつぼみが膨らみはじめた。

そして、桜の花も終わるころ、父の孫兵衛が有馬へ湯治に出かける、と言いだした。

勘兵衛には、あまりにも唐突のことに思えたが、すでに届けも出して許されたと言うから、以前から父はそんなことを考えていたのかと驚くほかはなかった。

健康を損ねているとは思えなかったが、そういったことを口に出す父ではない。勘兵衛が知らぬだけのことかもしれない。あるいは隠居の身になって、勘兵衛にも役が付き、ここらで命の洗濯をしたくなったのかもしれない。

いずれにしても、父を止める理由はない。

有馬は摂津の国にある、古くより名だたる温泉地であった。

勘兵衛は、父に尋ねてみた。もやもやとした不安の雲が、心のなかでふくらんでいた。

「で、どのような旅程をとられるのですか」

「そうさな」

少し考えてから父は答えた。

「郡上の八幡城下を経て中山道を通るという手もあるが、西近江路を行くほうが、やはり楽だろうて」

「北国街道ではなくて、ですか」

いずれも福井経由だが、西近江路なら敦賀まわり、北国街道なら、そのまま中山道の鳥居本に抜けられるはずだった。勘兵衛の胸に、小さな棘が刺さった。

「そうじゃの。北国街道という手もあったの」

父は、そう言ったが、勘兵衛はこのとき、はっきり父の思惑を感じとっていた。

福井から敦賀へ出て、大津への西近江路をとる旅程は、いつだったか父に教えられた、面谷銅山の銅が大坂へと運ばれる道筋に、ほぼ一致していたからである。

すると父は、銅の道を辿ろうとしているのか。なんのために？

答はひとつしかない。福井の蔵屋敷や敦賀の蔵宿などをまわって、不正の種をさぐるつもりなのだ。

さらに確かめたくなって、勘兵衛は続けた。

「福井へは、勝山街道を行かれるおつもりですか」

今度は、ずかっと踏みこんでみた。

大野から福井へは、二通りの道がある。九頭龍川に沿っていく勝山街道なら、まさに銅の道筋であった。固唾《かたず》を呑む思いで、勘兵衛は父をじっと見た。

「いや、それだとよほど遠まわりになろう。越前街道なら一日で着く」

「ああ、それはそうです」

父の返事で、勘兵衛は少し安心したものの、心の底に湧いて出た不安を消し去ることはできなかった。

勘兵衛の表情が、微妙に変わるのを見て、

(鋭いやつじゃ)

落合孫兵衛は、心中で感嘆していた。

有馬への湯治は、まったくの嘘ではない。だが、それは口実で、主目的は別にあった。

それが、過日明かされていた、大目付の策である。

孫兵衛が有馬へ湯治に出ると知れば、必ずや小泉家老の一味は、疑心暗鬼に陥るはずであった。

有馬へは、いったん上方へと出なければならない。その道筋は、面谷の銅が上方へ送られる輸送路とも一致する。

では、一味はどう出るか。

これを好機とばかり、刺客を放って孫兵衛を抹殺しようとすることも考えられる。あるいは別の手を使って、証拠隠滅にかかろうとするかもしれぬ。

そのため孫兵衛には、そうとは見えぬように、ひそかに護衛がつけられることになっていた。かなりの剣の遣い手ということだけは聞いたが、それが誰なのか、孫兵衛も知らない。

もしも刺客を絡めとることができれば、その口を割らせる、という可能性がある。刺客を送りまではせずとも、一味が危機を感じて弥縫《びほう》しようとすれば、そこに突破口が生まれる可能性もあった。

もちろん孫兵衛のほうは、旅の道すがら、福井の蔵屋敷、三国湊での船積み記録、敦賀の佐渡屋嘉兵衛の蔵宿、さらには塩津でと、行く先先で帳面を精査するつもりだ。藩主の上意を記した手形は、すでに孫兵衛の手にあった。調査を拒むことはできない。

（さて、鬼が出るか、仏が出るか）

孫兵衛は、大いに意気軒昂であった。

4

父が有馬へ出発する日、勘兵衛は非番であった。

というより父に無理を言い、強引に非番の日に出発をあわせてもらった、というほうがあたっている。国境まで送っていくつもりであった。

やはり中村小八のことと、小八を襲ったと思われる、宮崎兄弟の中間《ちゅうげん》のことが頭にある。もし刺客がいて、万一にも、父が狙われるとすれば——。

襲撃は、藩領内と考えたほうがよさそうであった。あの中間に道中手形が出るとは、考えにくい。

——それには、およばぬ。

国境まで送るという勘兵衛に、父は最初はしぶっていたが、結局は折れた。

旅立ちの日は、まさに春爛漫、花花も草草も与えられた命をせいいっぱい、空に向けて輝かせていた。

「うむ。絶好の旅日和じゃ」

城のある亀山を背に西へ歩きながら、父は上機嫌に言った。その道が、大野城下を抜けて福井へと続く街道筋だった。

父が言うように、大気がキラキラと光っているような空に、白い綿雲がぽっかり浮かぶだけの上天気であった。沿道には、はや薄みどりの草が繁りはじめている。

こうして勘兵衛と二人、遠く田を越え野を越えて歩くことを、父が喜んでいるらしいと勘兵衛は感じていた。思えば、遠い記憶のほかに、父と子で野歩きをすることなど絶えてなかったことだ。

田畑の畦に若草が萌え出で、ほんのり青く見えるのを「畦《あぜ》青む」というが、その若草も、いまはしっかりと根を張り、背丈を伸ばしていた。はこべの白、蒲公英《たんぽぽ》の黄と野草の花色が際立つ。

だが勘兵衛には、生命力に満ちみちた春景色を愛でるだけの、心の余裕はなかった。父とともに歩を進めながら、あたりに怪しい人影はないかと気を配っていたのである。

春がめぐってきたというものの、この奥越の街道をゆく旅人の姿は、ほとんどない。目につくのは田畑の、あるいは城下へ向けて荷を運ぶ百姓くらいのものであった。

ところが、いつ、どこから湧き出たか、一人の武士が三町（三百メートル）ほど後をやってくる。遠目で顔立ちまではははっきりせぬが、軽衫《かるさん》の上から脚絆まで巻いて、足ごしらえをしっかり固めていることだけはわかった。

「父上、しばしお待ちください」

勘兵衛は父に声をかけ、道脇によって、草鞋の紐を確かめるふりをした。

後をくる武士は、だが、いささかの歩調の乱れも見せず、すたすたと近づいてくる。

殺気は感じられなかった。

(思い過ごしか……)

ほっとしたのも束の間、次の瞬間、勘兵衛は心の裡で、「あっ」とうめいた。

その武士の面体が、上目づかいに、はっきり見てとれたからである。知った男であった。

だが男は勘兵衛や孫兵衛に見向きもせずに、ひたひたと足音だけを残して父子の脇を通り過ぎていった。

「………」

いかにも不自然である、と勘兵衛は思った。

その武士と勘兵衛はことばを交わしたことはないけれど、少なくとも、相手は勘兵衛の顔を見知っているはずであった。だのに、路傍の石のごとく、一瞥もくれずに通り過ぎるのはおかしい。

故意に無視した、としか思えなかった。

「知った男か」

身を起こした勘兵衛の表情に気づいたらしく、父が言った。

「はい。早坂長兵衛さまといって……」

「ほう。あのお方が早坂どのか。いや、剣名だけは聞いておる。たしか、村松道場の高弟であったな」

「はい。村松での席次が二位、次席です」

昨年の秋に開かれた村松道場との交流試合に、早坂は敵方の大将として出場している。その同じ試合に、勘兵衛は先鋒として出たのだ。

「やはり、強いか」

「はい。強うございます」

試合では田原将一郎に敗れたものの、勘兵衛の腕では、まだまだかなうまい。

(もし、あの早坂が刺客であれば……)

勘兵衛が、そんな不安を抱えているのに、父はしごくのんびりした調子で尋ねてきた。

「御役にはついておるのか」

「はあ、確か……、御使番《つかいばん》と聞きましたが」

使番は戦陣であれば伝令や戦功の監査にあたり、平時では上使を勤める家老直属の役職であった。その、家老直属の御役というのが勘兵衛には、なおのこと気がかりだ。

「ほほう。なるほどのう」

だが父は、やはりのんびりした声で、一向に危機感を覚えていないようであった。

5

街道はやがて、ゆるやかな登りになった。あたりは牛ヶ原と呼ばれるなだらかな高原で、ところどころに雑木林が点在する丘陵地であった。

つい先ほどまでは、先を歩く早坂の背が見えていたのに、いつか姿が消えている。

勘兵衛は、なおいっそう気を張りながら先へ進んだ。右と左から山麓がなだれこむ谷間の道を縫って、西へと歩く。

出発して、すでに半刻はたっただろうか、やがて前方に、ぽつぽつと藁屋根の百姓家が見えてきた。坂戸村であった。

その村を過ぎると、坂戸峠に入る。花山峠とも呼ばれる峠道は、さしたる難所ではないけれど、眺望が開けないので襲撃を受けやすい地形である。中村小八が襲われたのも、同じような峠道であった。

二人は坂戸村を過ぎ、峠道にかかった。勘兵衛の緊張感が伝わったか、父の足運びも慎重になり、二人は黙黙と峠を登った。

やがてなにごともなく、峠も越えた。峠の下には計石《はかりいし》村があり、周囲の山山から集まってくる川が計石川となって西流し、それが足羽《あすわ》川と名を変えて福井に至るのだ。

ずっとずっと西の丹生郡に、西方領と呼ぶ十ヶ村の飛び地藩領はあるが、その計石村までが大野藩領であった。宿駅ではないけれど、人馬を調達する伝馬の駅が置かれた村である。

「そろそろ国境じゃ。勘兵衛、もう、このあたりまでよいぞ」

「はあ、でも、いましばらく。村を抜けるあたりまで」

勘兵衛は答えながら、油断なく周囲に目を配って道を進む。姿を消してしまった早坂のことが気にかかっていた。

峠下には何軒かの茶屋が並び、障子に「名物とろろそば」とか「御酒　一ぜんめし」などと書かれている。

「！」

勘兵衛の目が、その一軒の茶屋横に、背負い籠を下ろしてかがみ込んでいる農夫に注がれた。

「父上！」

勘兵衛は、思わず両手を広げ、父を背後に守るようにして、その場に立ち止まった。

（あやつじゃ！）

百姓姿に身を窶《やつ》してはいるが、その相貌は、昨年の梅雨のころ、円通寺の竹林で見たあの男に相違ない。

「父上！」

もう一度、勘兵衛は小声で父に呼びかけた。

「ご油断をめさるな。あやつ、居合を遣いますぞ！」

「なんと！」

父は驚いた声を上げたあと、

「存じよりの者か」

尋ねられたが、その説明は、いまむつかしい。

答えるかわりに、

「父上は、どうか、この場に」

そう言って勘兵衛は、じりっ、じりっと男に近づいていった。二十間（三六メートル）ほどあった、男との距離が十間ほどになったとき、そこで立ち止まる。

その間、男は勘兵衛になど気づきもしないといった体《てい》で、右手で頬杖して、あらぬほうを見やっていた。

「宮崎ご兄弟の、お中間でござるな」

勘兵衛は、大声を上げた。

男は、ゆっくりと勘兵衛を見た。暗い双眸が、またたきもせず、勘兵衛を見ている。

だが、口を開かない。

「春日町の……」

男の眸に、ぴたりと視線を貼りつかせて、勘兵衛はさらに声を張り上げた。

「小泉権大夫さまの下屋敷におることは、先刻承知」

そのとき、男の目がはじめて揺らいだ。

そして、ゆっくり立ち上がった。その左手が、傍らの背負い籠の中に入るのを、勘兵衛は見逃していない。背負い籠から出てきた手は、やや短めの脇差しをつかみだしている。

対する勘兵衛は、すでに左手で刀の鯉口を切り、右手で裁付袴《たつつけばかま》の太股のあたりを、ぐいと外側に引き、ついでに手のひらの汗をぬぐった。その間に男は、注意深く勘兵衛を見ながら、脇差しを帯びた。

往還に人影はなかったが、勘兵衛の大声に茶屋の女が戸口から顔を出した。だが、勘兵衛たちの様子に不穏なものを感じたか、怯えたように、すぐ引っ込んだ。

その瞬間、めらめらとした殺気が男から湧き起こり、勘兵衛は、およそ一間ほども後ろに飛び退《の》いた。一気に間合いを詰めてくる男が先だったか、飛び退くのが先だったか、まさに一瞬のことである。

飛び退きながら勘兵衛は抜刀した。抜刀しつつ、するすると後ろへと足を運ぶ。男は、およそ四間ほども走っただろうか、とうとう間合いを詰めきれず、抜刀もできずに止まった。男の居合を封じたまま、勘兵衛は青眼に構えた。

そのとき勘兵衛の視野のなかに、峠道を走り下ってくる武士の姿が入ってきた。

（しまった！）

あれは、早坂だ。どこぞに身を潜め、勘兵衛たちをやり過ごしたものと思える。

二人を相手に、勝ち目はあろうか――。

そんな一瞬の戸惑いを見て取って、ふたたび男は、一気に間合いを詰めてきた。その腰の落とし具合から、逆袈裟の走り懸かりでくるな、と勘兵衛は読んだ。

今度は逃げずに、下から跳ね上がってくる刀を刀で受けた。かっ、と金属と金属とが打ち合う音が響く。

男の対応は素早かった。次は横ざまに薙《な》いできた。

それも勘兵衛は刃で受け止めた。受けると同時に、巻きこむような小手を飛ばした。手応えがあったような気がしたが、男が飛び下がるのを追い、敵が態勢を立て直すより早く、ずん、と肩口を切り下げた。今度は峰打ちにするだけの余裕があった。

おそらくは肩の骨が砕けたであろう。男は脇差しを取り落とし、その右の二の腕からは血を滴らせていた。勘兵衛の小手が決まっていたのだ。

男は逃れようとしていた。それを父が左腕をねじり、男の腰に右膝をどっかと乗せて、簡単にねじ伏せた。

そのときすでに、勘兵衛は峠の方向に身体を向けている。走り下ってくる早坂の姿は、もう近くまできていた。

迎え撃つかたちの勘兵衛に、早坂長兵衛は、止まろうとして、なおたたらを踏み、ようやくに止まった。そして言った。

「いや、お見事でござった。落合勘兵衛どの」

「………」

次いで早坂は、父のほうに向かって言った。

「面目ござらぬ、落合孫兵衛どの。やり過ごすつもりが、思わぬ遅れを取り申した。拙者は警固役の早坂長兵衛と申すもの」

（警固役……？）

どういうことか、と勘兵衛がいぶかっていると、

「やはり、あなた様でござったか。いや、こちらこそ失礼をした。なにしろ倅が、どうしても送っていくと言って、聞かなんだものでな」

父が破顔して答えた。

二人の様子を見ていた勘兵衛は、まだ抜き放っていた剣を鞘に収めたが、まだなにがどうなっているのか分からない。

勘兵衛も父には大いに秘密を持っていたが、父のほうでも同様だったらしい。しかし、まだ瞭然とはしなかった。

「とにかく、その男の口を割らせようか」

言って早坂は、勘兵衛に黙礼をくれたあと、父が取り押さえていた男に歩み寄った。

「そのほう、確か、周平という名であったな」

早坂に、周平と呼ばれた男は、泥土に汚れた顔をひねって早坂を睨み、

「こ、殺せ！」

うめくように言った。

早坂が、父の孫兵衛に説明する。

「この男、先に当藩にてお預かりの宮崎兄弟に従ってまいった中間での。名を周平と申す者じゃ」

「ああ、あの信州代官の……」

「さよう。これ周平、そのほうがことは、すでに調べがついておる。誰に頼まれて、落合どのを襲うた。先の中村小八も、おぬしであろうが。もはや、観念せい」

早坂が詰め寄ったが、

「…………」

周平は早坂を睨み上げて、口を一文字に引き結んでいる。

「有り体《てい》に申すことじゃ。でないと、宮崎兄弟に罪がおよぶことになるぞ。それでもいいのか」

早坂に言われて周平は、今度は低くうめいた。そして、たたきつけるように言った。

「我が主人には、いささかの関係もない。小三郎さま、助六郎さま、ご兄弟の禁錮を

解くのに力を貸す、と言われたのじゃ」

「なるほどのう。たぶん、そうじゃと見当はつけておる。その甘言、誰がおぬしに吹き込んだのじゃ。言わぬと、ご兄弟のためにもならぬぞ」

「知れたこと、我らの境遇を考えれば、誰が、と問うほうがおろかしいわ」

「わかっておる。しかし、そのほうの口から、しかと聞きたい。誰じゃ、名を申せ」

「……小泉権大夫……さまじゃ」

絞りだすように、やっと、その名が出た。

父と早坂が、互いに目を交わしあってうなずいている、そのとき——

「お」

勘兵衛が短く叫んだのは、またまた峠道を矢のような速さで駆け下りてくる、小柄な人影を見たからだ。しかも奇異なことに、覆面姿である。

（新たな敵か……）

勘兵衛は再び緊張した。

それにしても速い。

そのうえ、身構えている勘兵衛の視野のかなり前方で、覆面の人物は、ぽんと鞠がはねるように飛んだと思ったら、

「ややっ!」

沿道の雑木林に入ったことは確実だが、それきり姿が消えてしまった。

6

人通りのまったくない道の真ん中で、仁王立ちで油断なく構えている勘兵衛に、空中から声が届いてきた。

「早坂どの、落合どの……」

決して大声ではないのに、なぜか明瞭に耳に響いてくる。どこか遠くから、風に乗って運ばれてくるような不思議な声であった。

「我は、忍び目付の服部源次右衛門と申す者、藩主、直良公の命を受けて潜入せし者と心得られたい。さて、大目付さまよりの伝言でござる。両名とも即刻旅を中断なされ、急ぎ、城下に立ち戻られよ、とのことでござる」

たとえ味方であろうと、顔を知られぬのが隠し目付と聞いている。覆面は、そのためのものらしかった。

「なにか、ござったか」

姿なき相手に向けて、父が怒鳴った。

「されば——」

やはり、声だけが降ってきた。

「昨夜来、小泉、山路の屋敷より、目立たぬように、続続と人が出てござる。その数、すでに十五、六。向こうた先は箱ヶ瀬村。いずこかの地にて集結し、なにやら事を起こそうとの気配あり。すでに、大目付さまのご命令で目付の塩川益右衛門どのが一隊を率いて、そのあとを追ってござる。別隊として、物頭の丹生彦左衛門どのもご準備中でござる」

「なんと……」

勘兵衛たちが顔を見合わせていると、

「落合勘兵衛どの」

また声が降ってきた。今度は、ずっと小声になっている。

「はい」

「江戸小姓組小頭の伊波利三どのよりの伝言にござる。中村文左の父の死に、つれなくしたのは故あってのこと、堪忍せよとのことにござる。確かに伝えましたぞ。では、これにて御免」

再びどこからか、ぽんと覆面の男が飛びだしてきたかと思ったら、またまたすばらしい速度で、峠道を駆け上がっていくのが見えた。

三名は、しばらく声もなかったが、

「うむ。これは一大事じゃ」

あっけにとられた顔から、いち早く我に返った早坂が、「うむ、馬じゃ」と叫んで、あわただしく駆けだした。

その間に、勘兵衛は父と二人がかりで、百姓姿に化けたままの周平を縛り上げた。もはや観念したか、周平は、砕かれた肩の痛みに脂汗を流しながら呻いたものの、抵抗はなかった。

(利三……)

勘兵衛には、なにがどうなっているやら、まだ事態が十分には飲み込めていない。

だが、どうやら、江戸から忍び目付が潜入してきて、小泉家老と郡奉行の山路の不正を内偵していたらしいこと、さらには伊波利三が、その事実を知りながら、あえて勘兵衛には知らせなかったこと、くらいはわかった。

(利三め……)

知らせれば、無茶の勘兵衛が、なにをしでかすかと考えたのだろう。

端麗な伊波の顔を頭によみがえらせ、心のなかで、「すまぬ」と詫びた。

馬を駆《か》り、早坂長兵衛が、一足早く城下へ駆け戻っていった。勘兵衛と父には、捕らえた周平を、城下まで連れ帰る仕事が残っている。

縛り上げた周平を荷車に乗せ、雇った馬子に馬を引かせて、勘兵衛と父は城下に引き返した。ほとんど人の気配がなかった計石村なのに、どこから降って湧いたかと思えるほど、物見高い村人たちが勘兵衛の一行を見送った。

道々、勘兵衛と父は、互いに秘密にしてきたことを小声で、打ち明けあった。その途中、勘兵衛は今崎屋の手代、源次のことを思いだした。己の転変に心を奪われ、源次のことをすっかり忘れていた自分が、ひどく酷薄な人間のように思えて、勘兵衛は慚愧《ざんき》した。

「ちょっと尋ねたいことがある」

勘兵衛は、荷車に転がる周平に尋ねた。

「今崎屋という荒物屋にいた、源次という手代を知っているか」

「源次という名だったのか」

はたして周平は、感情のこもらない声で聞き直し、

「中村さまもそうだが、あの男にも……そうか、源次というのか。今さら言ってもはじまらぬが、二人には、すまぬことをしたと思っている」

と淡淡と答えた。

「やはり斬ったのか」

勘兵衛の胸を、後悔が嚙んだ。

「斬った。斬って、谷底に落とした」

一瞬、周平の顔がゆがみ、すぐまた元の無表情に戻る。

勘兵衛は、子供のころ、ときどき玩具を持ってきてくれた源次の、人のよい顔を思いだしていた。

詳しく場所を聞き、遺骸を探しにいかねばならぬな。勘兵衛はそんなことを考えていた。

「いずれは……」

周平が、さらにことばを継いだ。

「最後にはこの自分が、口を塞がれることになるだろうなと思っておった。利用されているとわかっていても、もう、どうしようもなかったのだ」

中村小八を斬り、源次を斬った周平に、思ったほどの憎悪は湧かなかった。それを命じた小泉を憎んだ。そして勘兵衛は思った。

どんないきさつから、周平が居合を習ったかは知らないが、その腕がなければ、利用されることもなかったはずだ。剣の腕というものも、あるいは人生を狂わせる呼び水となるかもしれぬ。

勘兵衛は、同じ御供番の島田覚之丞が言ったことを思いだしていた。

――居合の奥義は、気力気魄で相手を圧倒し、敵に刀を抜かせぬことにある――

きっと剣道の奥義も同じはずだ。人を斬らず、斬らせず、人物としての力量でことを収めていく――。剣の道は人の道。人の道は心の道。自分の剣は、そのようでありたい。

縛られて荷車で運ばれていく周平を見やりながら、勘兵衛は考えこんでいた。

やがて、城下に入った。

城下は、さぞ騒然としているだろうと予測していたのに、予想に反し、まったく、その気配がない。

とろりとした春の日差しに照らされ、昼下がりの城下は、おだやかなたたずまいのなかに静まっていた。

有為転変

1

梅雨が明けようというころ、政権の交代はなんの混乱もなく平穏におこなわれた。

それはあまりに静かすぎて、大方の藩士にも、もちろん領民たちにも、その裏に蠢《うごめ》いた陰謀や思惑の全貌を知る人は、ほとんどいなかったのではないか、と勘兵衛にすら思えるくらいだった。

あのあと——

とろりとした春の昼下がりの城下の光景を、いまでも勘兵衛は思い出す。荷車に載せられてきた周平は、徒目付にゆだねられて牢に入れられた。

だが、数日を経ずして、周平は死んだ。

自ら舌を噛み切った、という者もあれば、傷の手当てにきた牢医に毒をもられた、とも聞くし、何者かに刺し殺された、と風聞はまちまちであった。どれが真実なのかは、いまだにわからない。

その周平が、斬り殺して谷に落としたと白状した今崎屋の手代、源次は、勘兵衛が知らせ今崎屋が探索して、変わり果てた骸を発見した。父と勘兵衛と、ささやかな葬儀に出かけていった。

それとは別に、三ヶ月ばかり前、城下を騒がせた、ひとつの事件があった。これは「山路の事件」というふうに呼ばれている。

事件と同じころ、城下を遠く離れた持穴村で火災が起こり、多くの死人が出たのであるが、それを知る者すら少なく、ましてや城下の事件と、遠い村の火事騒ぎを結びつけて考える者など、ほとんどいなかった。

ただ、国家老の小泉が引退したのは、山路の事件のせいであろう、と噂する者は多かった。いわゆる藩政の、失策の責任をとったふうに言われている。

山路の事件とは、郡奉行の山路帯刀に不正の疑いがあり、大目付の斉藤利正が、これを評定所に呼ぼうと、徒目付たちを屋敷に向かわせたところ、山路帯刀は家士ともども抜刀して、激しく抵抗を示した。そのあげくに目付衆によって斬り殺された、という事件である。

一方、持穴村の火事騒ぎは、山師の武衛門という屋敷に火災が起こり、多数の焼死者が出たというものであった。そのころ、目付衆の一隊が、街道を東に向かって駆けていくのを目撃した者は数多くいたが、不審火の調査ということで片づけられている。

だが、勘兵衛が父から聞いた真相は、こうであった。

――山師の武衛門というのが、面谷銅山の頭でな。なんのことはない、そやつが小泉家老と結託して、銅の登高をごまかしておったのじゃ。二人の間を仲介したのが、山路というわけでの。

勘兵衛の父は、首を振りながら、先を続けた。

――しかも、ごまかした銅は、銅としてではなく、箱ヶ瀬村特産の楮《こうぞ》として上方まで運ばれておったのじゃ。えらく重たい楮じゃが、帳面の上だけでは、どこをどう調べたとて、証拠が残るはずもない。証拠が残るは、ただ一箇所、山師武衛門の覚え書きだけじゃ。

その銅に疑いを持ったのが、郡方小物成役の中村小八であった。だが、中村が疑いを持ったことは、すぐに郡奉行の山路の耳に入る。そして悲劇は起こった。

――じゃが、中村どのは、ひそかに江戸藩邸に手を打っておった。そのことで、小泉と山路に内偵の手が伸びた。江戸が動きはじめたのを察知し、いよいよ、これ以上は危ないと知ったとき、小泉は乾坤一擲《けんこんいってき》の賭けに出たのじゃ。

それが、山師武衛門の抹殺と、屋敷ごと証拠を灰にしてしまおうという策であった。

夜陰に乗じて、小泉の家士や山路の家士たちが目立たぬように、だが続続と、武衛門の屋敷を目指した。そのなかには、山路亥之助も含まれていたという。

その動きをいち早く察知して、大目付の命令下、塩川益右衛門が率いる一隊と、少し遅れて丹生彦左衛門の率いる一隊が、あとを追っている。

だが、わずかに遅れた。塩川の一隊が到着したとき、面谷銅山では、すでに武衛門の屋敷は火の海で、逃げまどう家の者を皆殺しにするべく、賊と化した小泉、山路、両家の家士たちが、刀をふるっていた。

そして一隊との間に、新たな闘争を繰り広げている。丹生の一隊が着いたときには、すでに闘争は終わっていた。

こうして多くの者が斃れたり、捕らえられたりしたが、山路亥之助ほか数名は、藩側の二人ばかりを斬って、いずこかに逐電したらしい。すぐさま討手が放たれたが、いまになっても行方がつかめずにいる。

――山師の家の生き残りから、銅を楮と称して出荷した事実は口書きしたが、肝心の証拠の書類は、すべて燃え尽きた。つまりは、小泉の思惑どおりに運んだということだな。

それだけでは、ないぞ。と父は続けた。

——これも、秘中の秘じゃが……

山路の事件にも裏がある、と言うのだ。

——山路が抜刀して抵抗したというが、徒目付のなかに小泉元家老の飼い犬がいて、そやつが山路を斬り殺した、というのが真相のようじゃ。

山路を倒した徒目付は、主人を斬られて驚いた山路の家士によって討たれたが、小泉は山路の口をも封じたらしい。結局、不正の証拠はすべて消え去った。

そんなことが許されていいのか、という憤りに、勘兵衛の胸はたぎり立ち、握りしめた拳がぶるぶると震えた。

政治とはこのようなものか。正義は最後には守られると、心のどこかで信じていたが、それらがみな、蜃気楼のように消え去っていく。立っている大地すら、おぼつかないものに思えた。

——つまりは、だ。

勘兵衛の父は、諭すように言った。

——苛烈な調べで小泉を追及することはできる。もちろん、そうすべきであろうがの。一国の家老が、領民を殺して、なおかつ火まで放ったなどと広まれば、幕府より、どのようなお咎《とが》めがあるやもしれん。また、その陰謀を深追いすれば、我が藩は、まだ一揉めも二揉めもするだろう。もう殿もご高齢じゃ。若殿が殿となる日も近かろうて。殿も、そこのところをじっくり考えてのご決断じゃ。おまえも、そのあたりを勘案して、このことは秘事といたせ。口外はならぬ。無茶もならぬぞ。

言って、またも重ねた。

——よいな。前例もあることだから、もう一度、申す。無茶はならぬぞ。

見張りのことは放っておけと言われながら、父に内緒で動いたことを言っているらしい。

いやはや、政治とは不可解なものじゃ。

自分に言い聞かせながら、やはり勘兵衛には、小泉が政権を明け渡しただけで、なんのお咎めも受けぬのが、納得できない。

小泉が家老を引退して、執政の中心は間宮家老に移った。

そして大目付の斉藤利正が、新家老に就任している。空いた大目付の席には、七之丞の父、塩川益右衛門が昇進した。さらには、わずかながらの役職の入れ替えもあった。郡方では、山路帯刀に与《くみ》していたらしい何人かが、役職を失っているし、目付衆にも処罰された者がいた。

（ほんとうに、これで終わりか）

勘兵衛には、喉の小骨が取れぬような思いばかりが残った。

2

城の蟬が、わんわんと囂《かまびす》しい夏の日、いつも弁当を届けてくる御坊主が、

「江戸より書状が届いております」

と、勘兵衛に書状を置いていった。

伊波利三からの、久しぶりの便りである。

懐かしい思いで封を切ると、まずは、この二月に、市姫が没した、と書かれている。

市姫といっても勘兵衛はまるで知らないが、手紙によれば若殿より十四歳上の姉にあたり、長らく江戸下屋敷に暮らしていたところ、ようやく縁あって、昨年の夏に久留米藩支藩である、松崎公のもとへ嫁いだばかりであったと書かれていた。享年三十二歳であったらしい。

ほかにも、こまごまと近況が書かれているが、この国許《もと》での騒動や政変のことについては、いっさい触れられてはいなかった。

（利三の役目柄、仕方のないことだ……）

一抹の物足りなさを感じながらも勘兵衛は、そんなふうに思える自分を、俺もずいぶん変わったぞ、と感じている。

そういえば、だいぶ前のことになるが、父から、他人の領域に踏み込むな、と説教されたことがある。それがおとなの分別というものかもしれぬ。

（もう、十八だからな）

すると、利三は二十歳か。

互いにもう、少年ではないのだ。

そんな当たり前のことを、ふっと思い、手紙の続きを読み進めていった。

そして便りの最後のところで、

「おう」

思わず声を出した。

八月に帰国の予定だ、と短く記されていたからだ。もう、来月のことであった。

（利三が、戻ってくる）

嬉しさが、胸を満たした。

(七之丞は、このことを知っているかな)

次には、そう思った。

城勤めをはじめて一年足らず、非番の日にはできるだけ道場に通い、七之丞とはときどき会っているが、園枝と会う機会は、なくなっていた。あの約束も、なし崩しになっていることを思いだした。

塩川の屋敷に——

(城下がりの折にでも、ちょっと立ち寄ってみるか)

そんなことを思った。

柳町にある塩川家の屋敷で訪《おとな》いを入れると、見知らぬ家士が出てきた。主が大目付に昇進したため、新たに雇い入れた者だろうと、勘兵衛は思った。幸い、七之丞は在宅していた。

「よう、どうした」

書見台にひろげた書物を閉じると、七之丞はおだやかな笑みをうかべて、勘兵衛を迎えた。

「うん。実はな……」

伊波利三が来月、帰国するそうだ。どっかと腰を下ろしながら言うと、

「ほんとか。それはいい。文左も誘って、こおろぎ町あたりで遊ぼうではないか」

相変わらず屈託のない声で、七之丞は喜んだ。そして、次に、少し声をひそめた。

「元家老の処分が決まったのは、知っているか」

「いや……、小泉権大夫のか」

「なんだ。知らぬのか」

七之丞は笑ったが、そのようなことは城でも聞かなかった。まさか、あのまま終わることはあるまいとは思っていたが、やはり処罰が下されたのか――。

「いつのことだ」

「きのうのはずだ」

「で、どのような処分だ」

「うん。まずは隠居を命じられたな」

「隠居か」

「うん。隠居だ」

勘兵衛の父も、昨年、隠居している。だが、それが処罰とは思えない。

「ほかには」

「五十日の閉門、それから、三百石の減俸」

「それだけか」

「それだけだ」

「うーむ」

父から聞いた話は秘中の秘であったし、普段、七之丞ともそういった話は避けていたが、七之丞なら、ある程度のことは知っているはずと、思いきって言った。

「えらく、軽いのではないか」

「うむ。確かに軽いなあ。しかし……」

七之丞はしかつめらしい表情をしたあと、うん、というように、ひとつうなずいた。

「ま、殿にとっては、木本、勝山、そしてこの大野と、苦労をともにした老臣ではあるし、若殿にとっても恩義のある人だからなあ。それに、まあ、蜂の巣みたいな存在ではあるしな」

あまり突っつけば騒ぎになる、と言いたいらしい。

そうかもしれない。勘兵衛は素直にそう思った。

「ところでな」

七之丞が、いつになく改まった顔つきになった。

「うん」

「いますぐではないが、江戸に出ようかと考えている」

「えっ」

七之丞が思いがけないことを言うので、勘兵衛は驚いた。

「江戸へか……」

「うん。どうせ剣では、おまえにはかなわんし、自分をよくよく見つめてみれば、どこかへ養子でももぐりこむにしても、俺には城勤めなど、できんと思うのだ」

「そんなことはなかろう」

「いや、どうも、堅苦しいのは苦手だ」

両手を挙げて、裃の肩のところを左右に引っ張るような仕草をしてみせると、にやりと笑った。

「だが、江戸へ出て、どうするつもりだ」

「実はな。正直なところを言うと、だんだんに学問が面白くなってきた。江戸に遊学して、もっと学問を究めようと思うのだ。すでに父上には許可をいただいた」

「そうなのか……」

また一人、友が遠くへ去るのか、と勘兵衛は思った。

だんだん、身のまわりがさびしくなる。子供時代からむつみ合った仲間も、一人ずつ自分の道へと分け入っていき、それぞれの世界をきわめてゆくのだろう。

「いや。おまえなら、きっとひとかどの学者になれるぞ。頑張ってくれ」

「ああ、やってみるよ」

「で、いつごろだ」

「今年いっぱいは無理だ。身を寄せる学舎も決めねばならん。まあ、来年のことだな」

(そうか。間もなく別れのときがくる)

さびしさが、押し寄せてきた。

じゃ、そろそろ失礼する。伊波のことを知らせにきただけだから、と勘兵衛は辞去することにした。熱くなってきた瞼を悟られたくなかった。

玄関を出て、しばらく歩いてから勘兵衛は思った。

そういえば、園枝には会えなかったな……。

3

伊波からの便りが着いた日から三日目、落合勘兵衛に、新家老の斉藤利正の屋敷にくるよう使いがきた。以前は大目付だった人である。

おそらく、家禄を元に戻してくれるのだろうよ、と父は言った。すでに、父の無実は明らかになっているのだから、勘兵衛もそうだろうと思っていた。

だが、新家老の呼び出しには、望外の喜びが待っていた。

復禄どころか、さらに三十石の増禄で、落合の家は百石取りとなった。さらに、同じ清水町ながら、ずっと城下に近いところに新しい屋敷を賜わることにもなった。

「ふむ。また引っ越しかの」

たまらんわい、といった調子で父は言ったが、その実、嬉しくてたまらん、といった顔をしている。

母は母で、

「次は勘兵衛に、よい嫁を見つけねばなりません」

と早手まわしなことを言う。

勘兵衛には、ちらりと園枝の面影が浮かんだが、いまは大目付の娘で、ますます遠のいてしまった感がある。

そういえば、中村文左にも増禄の達しがあったそうだ。二十石が、倍増の四十石になったと聞いた。

公にはされていないが、中村の家も我が家も、小泉元家老の不正を糺すきっかけとなったことに対する褒賞であったろう。

一方では禄を増やし、その片方で役職をなくしたり、禄を減らした者も多い。まさに禍福はあざなえる縄のごとしであった。

逐電した山路亥之助は、今ごろどこでどうしているのであろう。こうして、新たな死人を出すこともなく、藩政は、このまま落ち着いていくのであろうか。

(せっかく作った菜園だが……)

非番の日、弟の藤次郎とともに、久しぶりに育った茄子に水をやりながら、勘兵衛は、とつおいつ、ものを思うのであった。

(それにしても……)

やはり、小泉権大夫が、あのままというのは得心がいかぬ。勘兵衛は、まだ、そのことにこだわっていた。

4

八月に入って、すぐである。

閉門中の、小泉権大夫が急死した。藩庁には病死と届けられたそうだが、城下では「毒殺」の噂が乱れ飛んでいる。

根も葉もない噂だと笑いとばそうとして、あるいは……と、勘兵衛は思っている。

なぜか、勘兵衛の脳裏には、坂戸峠の先、計石村で見た、不思議な術を使い、忍び目付だと言った覆面姿の男のことが浮かぶ。

（たしか、服部源次右衛門と名乗ったな……）

あの男なら、どんなこともできるような気がした。

自分には想像もつかぬ世界があって、それは暗い闇の中に沈みこんでいる。藩政は、そのように得体の知れぬものを孕みながら、動いているものなのか。

もう、このことは、これ以上考えるのをよそう、と勘兵衛は思った。

（それより、そろそろ利三が帰ってくる）

子供時代のいろいろなことが思いだされる。祭りのこと、亥之助たちとの争い、毒茸事件、清滝川で流されたこと、なにもかもが懐かしかった。

仰いだ空は、すでに秋の色を宿している。

間もなく鰯雲が大きく横切り、落暉《らっき》が紅々と空や雲を染め、そしてまた雪が舞う。

自分はこれから、どのようになっていくのだろう。

父がそうしたように、家を守り、家族を守り、子孫を増やしていく——。

それくらいしか考えられなかった。仕事がこのあと、どのように展開していくのか、そのことで自分の人生が、どう転変していくのか、想像もつかない。

しかし、ひとつだけ確信を持てることがあった。

利三、七之丞、文左。彼らに対する自分の善意だけは、いつまでも変わらないだろう、ということだった。

茄子の水やりが終わった。

柄杓を置くと、大きく息を吸って、もう一度、空を見上げた。

七之丞が言ったように、文左も入れて四人、こおろぎ町で、思いきり飲もうぞ、と勘兵衛は思った。

時代小説

二見時代小説文庫

山峡《さんきょう》の城《しろ》　無茶《むちゃ》の勘兵衛《かんべえ》日月録《じつげつろく》

著者　浅黄《あさぎ》　斑《まだら》

発行所　株式会社 二見書房
東京都千代田区神田三崎町二-一八-一一
電話　〇三-三五一五-二三一一 [営業]
〇三-三五一五-二三一三 [編集]
振替　〇〇一七〇-四-二六三九

印刷　株式会社 堀内印刷所
製本　株式会社 村上製本所

落丁・乱丁本はお取り替えいたします。
定価は、カバーに表示してあります。

 ISBN978-4-576-06047-7
https://www.futami.co.jp/

小杉健治

栄次郎江戸暦 シリーズ

田宮流抜刀術の達人で三味線の名手、矢内栄次郎が闇を裂く！吉川英治賞作家が贈る人気シリーズ

以下続刊

① 栄次郎江戸暦 浮世唄三味線侍
② 間合い
③ 見切り
④ 残心
⑤ なみだ旅
⑥ 春情の剣
⑦ 神田川斬殺始末
⑧ 明烏《あけがらす》の女
⑨ 火盗改めの辻
⑩ 大川端密会宿
⑪ 秘剣 音無し

⑫ 永代橋哀歌
⑬ 老剣客
⑭ 空蝉《うつせみ》の刻《とき》
⑮ 涙雨の刻《とき》
⑯ 闇仕合（上）
⑰ 闇仕合（下）
⑱ 微笑み返し
⑲ 影なき刺客
⑳ 辻斬りの始末
㉑ 赤い布の盗賊

二見時代小説文庫